在所有的瞬间

All the Moments

南珊 著

江苏凤凰文艺出版社
JIANGSU PHOENIX LITERATURE AND ART PUBLISHING

图书在版编目（CIP）数据

在所有的瞬间 / 南珊著 . -- 南京 ：江苏凤凰文艺出版社，2023. 8
ISBN 978-7-5594-7661-6

Ⅰ. ①在… Ⅱ. ①南… Ⅲ. ①散文集-中国-当代 Ⅳ. ①I267

中国国家版本馆 CIP 数据核字（2023）第 082795 号

在所有的瞬间
南 珊 著

责任编辑 文芹芹
责任印制 刘 巍
出版发行 江苏凤凰文艺出版社
南京市中央路 165 号，邮编：210009
网 址 http：//www. jswenyi. com
印 刷 四川科德彩色数码科技有限公司
开 本 880 毫米×1230 毫米 1/32
印 张 7
字 数 140 千字
版 次 2023 年 8 月第 1 版
印 次 2023 年 8 月第 1 次印刷
书 号 ISBN 978-7-5594-7661-6
定 价 56. 00 元

在所有的瞬间

你是自己的

日落和星河

温柔野兽

有段时间，我在微信公众号后台收到了几条看起来十分抑郁的读者留言。我发现时，留言已经超过了互动时限，我无法再给对方回复信息。那一刻我的内心是愧疚的，甚至有些害怕。我身边曾有朋友遭受过抑郁症的困扰，因此我非常清楚他们那种濒临崩溃的无助。在对方内心最黑暗的时候，他们最需要的回应却缺失了，只剩一片更加沉重的沉默。

我当然知道也有另一种可能，留言者或许只是随口一说。但他们情绪究竟要有多低落，才会这样赤裸地剖开伤口给陌生人看呢？往树洞里抛出秘密的时候，我们无论承认与否，在一定程度上都已经处在情绪失控的悬崖边缘了。而有些话，我们在“三次元”的现实生活中是无法开口向人倾诉的，所以除了自己之外，手机屏幕外的陌生人反而成了更安全的倾诉对象，陌生人的回应甚至能带来更大的慰藉和力量。

类似的至暗时刻，也许每一秒钟都在城市中上演；我们中的许多人，或多或少都经历过。

作为初代九零后，我已经过了30岁的“大关”。我们这代年轻人，大多接受过一定程度的教育，“三十而立”之时，我们几乎都面临着事业和婚育的压力。我们迷茫、痛苦、愤怒、挣扎，因为工作、学业、情感，或是平凡生活的一地鸡毛。我们在某一个或许多个濒临崩溃的夜晚沉默或哭泣，又在黎明到来之前，拼尽全力将自己拼凑成看似完整的成熟的大人，去迎接新的一天。

可是即便如此，我们中的大多数人依旧没有放弃对生活的期待。我们因为一本书、一首歌、一部电影而感到快乐，因为一个晴天、一片夕阳、一段旅途而觉得幸福。我们在甜与丧之间纠缠，在怀疑与相信之间拉扯，却依旧一边挣扎一边期盼。

我们如此不同，却又如此相似。无数个渺小的我们，组成了最平凡的人间。

在与生活的持久拉锯战中，有人一蹶不振，就此失去内心的温度，逐渐与冰冷的钢筋水泥融为一体。但也有些人，不光走出了黑暗，还将那份力量传递给了他人，让更多身陷困境的同类人看见了人生更丰富的可能性。

我很庆幸，我遇见了许多这样的朋友，尤其是女性朋友。他们也许是各行各业的普通白领，也许是医生、记者、创业者、教师，也许是空乘、运动员、脱口秀演员……但是除去这些标签，他们作为个体所呈现出的力量生动而有趣。他们在复杂高压的情境下平衡着学业、事业、家庭，却依旧带着对世界的好奇，大胆地迈出脚步，去追求内心渴望的意义。

如果允许我斗胆将自己与他们归为一类，我觉得，我们大概像是蛰伏在钢铁丛林中的温柔野兽。

我们拥有属于自己的草原和高山、天空和海洋。我们奔跑，跳跃，遨游，飞翔。我们穿过生活的大漠荒原、峭壁悬崖，纵使无助挣扎、疼痛失望，却依然朝着远处的光亮奔去。那里或许有春日暖阳，有夏日晚风，有秋叶如火，有冬雪纷纷；那里或许有这世间无限的美好，也或许什么都没有。

会有迷茫吗？有。会有失落吗？有。我们承认世事之无常和个体之渺小，甚至与无法掌控的人生暂时和解——但我们不想放弃的，是作为一个鲜活的个体的那份生命力。

受伤的时候，温柔野兽在黑暗中舔舐伤口，低鸣呜咽。而疗伤之后，野兽们依旧挣扎着站起来，尽最大的努力勇敢而坚定地相信自己、相信未来，即便努力抵达的那个远方可能什么也没有，也依然愿意向那光亮奔去。

写作于我而言不只是造梦，更是真实情绪与现实思考的抒发口。《在所有的瞬间》这本集子中的文章，大多是我在日常生活、工作及旅行中对人和城市生活的观察与记录，其中部分文章已于

2020年至2022年在报刊发表。

如果我的文字能让正在阅读的你感到一丝宽慰和治愈，又或是获得一些勇气，就再好不过。被不安情绪包围的你，拥有某些看似“离经叛道”的想法的你，并不孤独。

世界没有我们想象的那么好，也没有看起来那么糟；勇敢地面对自己，静止或奔跑，都不重要。

南珊

2022年11月30日于上海

目录

CONTENTS

「城市窥探」

「**普通人生**」

「人间游荡」

我看过无数的夕阳，写过许多个黄昏，

却依旧沉醉于每个日落，着迷于每片晚霞，

在每个能见到夕阳的日子里手舞足蹈。

我去过五湖四海，见过车水马龙，

却依旧眷恋那些毫不起眼的平凡时刻。

海边来信

01

南方酷暑的时候，我逃到了威海旅行。

七月的一场暴雨过后，天空终于渐渐放晴。我走在海滨公园，海风扑面，云朵低垂，远处青灰色的海平面逐渐变亮，海鸥盘旋在低空，发出清脆、嘹亮的啼鸣。我举起相机，想记录下雨后初晴的这份宁静，忽然耳边传来一声轻唤：“您好，请问能帮我拍张照吗？”

我转过头，看见一个瘦瘦的女生，挎着白色的帆布袋，戴着口罩，露出一双大眼睛，有些胆怯又充满期待地看着我，朝我晃了晃她手中的手机。我点头应允，接过手机。拍照很快就结束，她取回手机查看照片，开心地连声道谢。忽然，她抬头看着我，问道，你也是一个人来旅行的吗？我点点头。她露出惊喜的笑容，脸上早已没有了先前的胆怯，兴奋地提议，要不我们搭个伴吧！我愣了一下，说，好啊。

后来，我和她一起去海边散步，一起去市郊的海岛，一起在“天尽头”拍下自由翱翔的海鸥、盛开在悬崖峭壁的山花，还有不知疲惫地拍打着礁石的汹涌海浪。

我们相约去成山头的那天是阴天，天空铺满云朵，阳光偶尔从云间漏出来，无边的海平面从一片蓝灰色渐渐过渡成青绿色。成山头有一段跨越山海的高空缆车，坐在缆车上俯瞰，碧海青天与沧浪浮云一同向我涌来，一时让人有种真的在飞翔的错觉。

坐在缆车上聊天时，我们发现彼此年龄相仿，于是聊起各自的旅行见闻和一些生活琐事，她说起失恋，我说起辞职。高空之上，我们好像忽然得以毫无负担地谈起这些原本略显沉重的话题，坦诚而轻松。除了彼此，听见对话的只有天地与山海、森林与飞鸟。我们的苦恼与不安都飘入风里，随着海浪声远去。我们来自相隔千里的不同城市，过着截然不同的生活，却在旅途中遇见独自旅行的彼此。于是我们成了相交线，哪怕分别之后彼此的人生再无交集，却在这个交点拥有一段特殊的共同回忆。

相遇的那天，在相识两个小时之后，本质仍是“陌生人”的我们一起吃了一顿地道的韩餐，甚至还碰巧点到了店家当日售卖的最后一份八带鱼。我内心感叹，这几乎就像是治愈系日本文学或者韩剧的情节；多幸运啊，在一天的结尾吃到心心念念的美食，在茫茫人海之中遇见一个可以短暂同行的伙伴。

我其实很享受独自旅行。独自旅行的好处是无拘无束，来去全凭心意。独自在旅途中，常常有更多的灵感闪现，也能更沉浸地享受自然带来的触动。但是与宅家的那种独处不同，独自旅行并非自我封闭，反倒是另一种形式的开放。旅途中，遇见风景、遇见美食都不稀奇，更美妙的是遇见人、遇见故事。独自旅行，实际上是为那些计划外的可能性提供了前提条件，向那些不可预见的相遇敞开了怀抱。

前两年去青海出差的时候，我也曾趁着周末独自旅行。旅途中我遇见了两个来自甘肃的急诊科女护士，一起度过了两天的环青海湖之旅。时隔两年，每当我想起波光粼粼的青海湖，想起清冷绝美的茶卡盐湖，想起那段穿越沙漠和草原的旅途，我依旧会想起她们的笑容。分别后我们再也没有交谈，只保留着朋友圈点赞的关系。但遇见她们，不只让我拥有一段美好的回忆，还让我能有机会以旁观者的身份观察与自己不一样的人生。

独自旅行时我随身带着一本书，是美国女作家伊莉莎白・吉尔伯特的《美食、祈祷和恋爱》（*Eat Pray Love*）。书中的女主人公抛开熟悉的一切，独自前往意大利、印度、印度尼西亚旅行，只为找寻自我。我第一次听说这本书及其同名电影的时候还在上大学，但直到毕业许多年后自己去台北出差，才在诚品书店买了原版英文书。阅读它的时候，我仿佛跟着女主人公走过了世界的许多角落，体验了她内心的痛苦和快乐。后来，这本书也陪着我度过了许多独自旅行的时刻。

就比如现在，我坐在海边阅读，等待着即将到来的日落。

02

31 岁的第一天，我在日照的海边度过。说来也巧，这两年看海似乎都在山东半岛，黄海好像对我有着莫名的吸引力。

我出生在日落时分，所以原本的计划是在生日当天的傍晚去海边看夕阳。可惜当天是阴天，甚至时不时地下起小雨。黄海刮来的风在一夜之间变得凛冽，掠过海浪，穿过枝叶，冲向楼宇，疯狂呼啸。看夕阳的计划搁浅，但 K 还是陪我顶着寒风去了任家台。

任家台是个传统的渔村，2. 5 公里的海岸线上有无数古朴的渔船和滨海黑松林，还有大片原始的礁石海滩。与适合休闲的柔软沙滩相比，这片海滩显得苍凉冷峻，不过与阴天正好相配。灰白色的天空中飘着几朵孤独的云，像迷路的孩子。阴天的海是汹涌的，惊涛拍岸，而礁石默默伫立，承受了所有来自大海的怒吼。

我站在礁石滩上，放弃抵抗，让自己被放肆的海风和涛声包裹。在那个时刻能感受到什么呢？孤独、辽阔、已知、未知。已知的是时间的必然流逝，未知的是大自然的低语背后隐藏的深意，以及个体在时间长河中所处的位置。我属于这个世界，却又想抽离这个世界，去俯瞰未知的一切。

我在浙中丘陵盆地长大，理论上，我对山应该有着天然的熟悉和亲近。但我喜欢海胜过喜欢山。大概因为海总是流动的，每一颗水珠都有自己的轨迹，我不知道它们究竟来自何方，也不知道它们终将去向何处。在这种巨大的不确定性之下，唯一确定的是，海永远在流淌。这种永恒的动态具备迷人的吸引力，它伴随着时间和空间的变化，好像孕育着无数的可能性。

当我面对无尽的海平线，什么都不做，只是倾听来自海的声音——一时的烦恼和忧虑都显得那样微不足道。

有一次我去三亚出差，下班时晚霞还未消失，于是我拎着电脑和高跟鞋，直接从酒店的会议室一路小跑到了沙滩上。那天的沙滩空无一人，只有我光脚踩在细沙上，在渐渐散去的粉紫色霞光里，听着海浪的吟唱，好好感受这个让我完全放松的瞬间。

这片带给我宁静的海，却曾经是"苦雨终风"的代名词。900 多年前的苏轼不会想到，当时被流放的那片南荒之地，有一天会成为度假胜地、免税天堂。1097 年，年至六旬的苏轼被放逐岭外，贬谪至当时的荒凉之地海南岛儋州，基本已被置于自生自灭的境地。3 年后宋徽宗继位，苏轼获赦北归，在渡海时写下

《六月二十日夜渡海》："九死南荒吾不恨，兹游奇绝冠平生。"哪怕充满凄风苦雨，这片海也曾给苏轼带来了生命的哲思。

海所带来的冲击，在礁石海滩或断崖绝壁处尤为明显。我爱礁石峭壁远胜过细腻的沙滩，我爱惊涛拍岸的孤独苍凉，我爱倾听被海浪的喧嚣无限放大的长久的静谧。

在威海旅行时，我独自去了猫头山。站在峭壁之上，低头能看见层层海浪拍打礁石，开出白色的浪花。远处天空由阴转晴，海水由青灰色渐变成碧蓝色。峭壁之下，黄色的不知名小花从岩石缝隙中钻出来，渐渐被蔚蓝色背景衬托得愈发夺目。

在那个瞬间，我想起了多年前在济州岛的西归浦礁石海岸边的时光。

03

2016 年初夏，我和 K 去济州岛旅行。去之前有朋友开玩笑说，估计到了济州岛满眼全是中国人。然而真正到了济州岛，除了在去程航班上见到满舱的国人，出机场后便再也没怎么见到中国游客。事实上，连当地人都挺少的，头两天总有种整个岛上荒无人烟的错觉。

我们径直去了济州岛南部的西归浦，住在海边的一家独立酒店，出门就是黢黑的礁石海滩，躺在床上就能看见窗外碧蓝色的大海。不知是否因为当时是旅游淡季，这里风景如画，但人烟稀少。在海边鲜少见到成群结队的旅行团，偶尔遇见零星的游客，几乎都是度假的韩国家庭。

在西归浦，我们大部分时间都在走路。这里有着独特而庞大的徒步体系，称作“偶来小路”，包括了 21 条主线和 5 条副线。我们沿着海边的“偶来小路”一直走，礁石海岸绵延不断，海风与涛声一路同行，澄澈湛蓝的海水在晴空之下泛着金色的波光。时间的沙漏好像凝在了这一刻。

我们路过温柔的海边咖啡馆，路过苍翠欲滴的山林，路过壮观的柱状节理带。数十万年前，汉拿山的岩浆喷流而下，涌入海中急速冷却，玄武岩质熔岩在西归浦沿岸呈现层层堆积的垂直节理，四方或六角形的石柱组成了长达千米的黑色岩石带，与蓝色大海形成强烈反差，令人叹为观止。

景色旖旎的西归浦与中国有着极深的文化渊源。据司马迁《史记·秦始皇本纪》记载，公元前 219 年，齐国方士徐福上书秦始皇，“言海中有三神山，名曰蓬莱、方丈、瀛洲，仙人居之。请得斋戒，与童男女求之”。于是秦始皇派徐福率童男童女千人，出海寻仙，求长生不老药草。传闻中，徐福东渡的船队在济州岛朝天浦登陆，而汉拿山就是传说中的瀛州山。从山上采药而归时，路过南部直入大海的正房瀑布，徐福惊叹于此番美景，便在正房瀑布陡峭的绝壁上刻下“徐市过之”的篆文。徐福从这里再次起航向西而归，“西归浦”的名字由此而来。

据说在1950年之前，人们依稀还能在正房瀑布的岩壁上看见“徐市过之”这几个字的印记，如今它早已消失在了岁月与海浪之中。

过了几天刚好是六一儿童节，我们决定去金宁迷路公园。坐上一辆开往荒郊野外的公交车之后，我们才发现报站广播只有韩语，而整辆车里只有我们两个异乡人。在手机网络信号不太稳定的情况下，我们别无他法，最终强行凭着一些语言天赋，顺利抵达了目的地附近。下车后迎接我们的并不是想象中的指路牌，而是不见人影的乡村小路。

暴走二十分钟后，K问我，你确定我们走在正确的路上吗？我说不确定，但是好像也没有关系。

即便无法抵达终点，这一路也不算浪费。我们一起在异国他乡的陌生乡间小道上走了好久好久，可是遇见了计划之外的美景，沿途一路陪着我们的是大片盛放的花朵。杳无人烟之处，K张开双臂向前奔跑，初夏的风吹起衣摆，他好像要飞起来。

那时的我们还不满25岁，但显然已经告别了青涩懵懂的少年时代，渐渐体会了生活的沉重。我们不太确定自己的未来会通向哪里，正如我们不太确定那条无人的小路是否能让我们抵达原本的终点。可是如果陪在身边的是彼此，好像去哪里都没有关系。

K 奔跑的背影融化在一片明亮的初夏色彩中，那一幕和西归浦的礁石海浪一起永恒地留在了我心底。

在济州岛的最后一天，我们去市区帮朋友买东西，才发现那满满几飞机的中国游客全都集中在了免税店。在机场候机时，周围旅客几乎都拎着大大小小的免税店购物袋，而两手空空的我们显得格格不入。多数人还在兴奋地谈论着免税店扫了多少货、省了多少钱，仿佛没人怀念即将离开的碧海蓝天和清风流云。

那一刻，我突然强烈地想念无人的海边。明明，天地间的每一寸相遇才叫美好啊。

6 年后的我在黄海的礁石海岸边，准备告别即将过去的 30 岁。6 年的时光，对于渺小的人类来说不算短，对于浩渺的大海而言却微不足道。而我庆幸的是，海浪带给我的冲击与抚慰一如从前。

只是，站在威海猫头山的峭壁之上，我依旧会想起 6 年前的西归浦。清晨被海鸥叫醒，坐在四周都是落地窗的餐厅吃早餐。天空和海洋拥抱，包裹了整座小岛，蓝色的倒影映在我面前的玻璃杯里，好像所有的美好都可以一口喝掉。

一片湛蓝的倒影之中，还有一朵明亮的来自路边杂草丛的小黄花，就跟威海峭壁上的这朵一样。它看起来是那么的骄傲而倔强，像是在宣示，它才是这个世界最耀眼的存在。

甜丧如烟花

01

5 月中旬，我去长白山出差，一待就是半个月。

这个季节，南方的燥热已经探头，年轻人早就迫不及待地换上了短袖，但此时的长白山人民才刚刚脱掉厚重的羽绒服和雪地靴。这个季节的长白山没什么游客，甚至有几天，我几乎独自一人拥有了整个酒店。

我住在山上的度假区内，隶属抚松县漫江镇辖区。从酒店驾车下山，到最近的漫江镇要 20 分钟，要去稍微热闹些的松花江镇，则要 40 多分钟。

因为工作，我基本都待在山上的酒店里。起初，除了每天被东北口音环绕之外，我并未觉得这里的日子与别处有何不同。直到有天，我接到邮政所的电话，让我下山去镇上取快递时，我终于意识到自己的确是在边陲山区。

车辆压着凹凸不平的碎石四溅的路缓慢前行，钻过狭窄的街道，终于在一个不起眼的玻璃门前停了下来。

这间小小的邮政所，看起来破败得像 20 世纪 70 年代的残留物。门口挂着块歪歪扭扭的小牌子，室内光线有些昏暗，业务办理处放着一排排小格子，让人想起老电影里主人公要往家里汇钱时，趴在柜台上填单子的场景。要不是柜台前贴了两张付款二维码，我几乎以为自己穿越到了 50 年前。

以前读东北作家的小说，总觉得他们笔下的世界和人物都透着一股苍凉。真的在东北的边陲小镇上游荡时，我终于明白这股苍凉从何而来。旧时光停留在街道上，而世界在手机里飞速更新，两者违和地并行。

当地的年轻同事说，在这个小镇上，除了手机支付广泛普及，算是紧跟时代潮流，生活的其他方面基本都停留在过去。这里工资水平低，没有大商场，没有夜生活，道路狭窄规划无序，甚至五六年前才建了红绿灯。

光听这些描述，总觉得他们对眼下的生活十分不满，但实际上他们大部分时候还是乐呵呵的，下了班去吃一顿铁锅炖，唠起嗑儿来笑容满溢。

这些同事之中，有人从未离开过家乡，也有人闯荡了一圈又回到了原点。都说东北的年轻人在逃离，南方沿海的年轻人则在返巢。但不管北方和南方，有一点出奇的一致，许多人都在知足常乐和心有不甘之间反复横跳。

知道自己真正想要什么，太难了。有时见识越广思考越多，内心的疑问也越多。对于许多年轻人而言，鱼与熊掌如何取舍并不是问题，问题是压根无法画出可行的理想生活的轮廓。现实中当然不乏开心的瞬间，但快乐来得快去得也快，像一场盛大的烟花，消散之后是更沉寂的黑夜。

自信、憧憬、设想、质疑、推翻、失落，我们一遍又一遍地重复这个过程，在快乐与丧气之间来回拉扯。这种状态我戏称为“甜丧”，又甜又丧。

不过或许，甜丧好过一直丧，起码证明我们还有挣扎的生命力。

02

在长白山待了一周之后，我趁着周末去了一趟讷殷古城。那天是阴天，整个古城没什么人，静得让我产生了拥有整片天地的错觉。

讷殷古城位于长白山西南角的松花江源头，地势险要、易守难攻，因而在历史上是建州女真讷殷部的一座兵城。长白山是满族文化的发源地，金世宗完颜雍敕定长白山为“兴王之地”，于1172年诏封长白山神为“兴国灵应王”。满族先民奉长白山为神灵，满语称长白山神为“果勒敏珊延阿林恩都力”。讷殷古城内有长白山山神洞，沿漫江南岸山崖而建，千百年来香火不断。

我漫步于古林栈道，途经千年神树。神树周圈为红色祈福带，于树底仰望，高不见顶。满族女真先民崇拜树神，认为树神有通天地之能。讷殷古城的神树，传说历经1597年、1668年和1702年的三次火山爆发，依旧屹立不倒。沧海桑田，祈愿长存。

我循着水声继续前行，来到锦漫双江合流处。立于桥上，面前水流湍湍，锦江和漫江在此交汇成头道松花江。左右环顾，山神洞与灵应宫隔江对望，青灰色的长空之下，唯有一束发道长，执一笤帚，安静地清扫残叶。

忽然落雨时，江面荡起圈圈涟漪。雨声渐强，起先切切如私语，继而嘈嘈如鼓击。我匆忙跑进灵应宫躲雨，在屋檐下站定，一旁的道长抬头看了我一眼，继续旁若无人地吹起竹笛。

灵应宫里避雨，山神洞内发呆。三江源头，除了道长悠扬的笛声，天地之间仿佛只我一人。

我见过无数迥异的风景，却还是无法抗拒这种辽阔和苍凉。大概因为在现代城市生活中，我总在自我鞭策和企图逃跑之间反反复复地自我拉扯，在甜和丧之间反复横跳，所以在辽阔静谧的无人之处，听不见现代社会的杂音，听山听雨听风，反而觉得心安。

03

从我的房间望出去，是180度一览无余的长白山风景。隔着一片广袤的山林，长白主峰白头峰仿佛就在我眼前，触手可及。天晴的时候能见度极高，天池所在处的皑皑白雪清晰可见，幸运的话，黄昏时还能见到类似“日照金山”的画面。

每天下班回到房间后，我几乎都会对着这片旷野发呆，一看就是二十多分钟。倒也并非刻意为之，只是眼前这片风景总在勾人心弦，远山无言，却仿佛时时刻刻都在召唤着我。一部分的我坐在舒适的现代化房间里，另一部分的我却早已飘向那片洁白与苍翠。

有时睡前我也会拉开窗帘，窗外一片深邃。夜晚不再是城市高楼间的一方窄窄的天空，不再是被灯光打亮而不见星辰的一块背景板，不再是热闹又孤独的灯红酒绿。夜晚恢复了原本应有的空旷深邃，静谧的空气中流淌着风的私语，它们涌入森林匿进群山，日复一日，见证千年。

千年来，这片大地上发生着太多翻天覆地的变化，但时代更迭之中，又有一些东西仿佛从未改变。苍穹浩瀚群山傲立，草木苍劲鹰唳遏云，几千年的风云变幻，人世间的喜怒哀乐，不过是云卷云舒间的一瞬，是深埋在冰雪之下的一粒尘埃。

我注视着眼前的幽蓝夜色，有种真实又虚幻的错觉。夜晚伸出双臂拥抱了我，在这个巨大的怀抱里，我暂时忘却了工作的繁杂，也不再试图思考人生的意义，只是放任自己飘入夜色之中，留住此刻。

拉开窗帘　我看见一片深蓝
群山静默　云朵低垂
雪峰伫立　荒凉呢喃

上山下山　云杉入云
他们沉默着注视我
注视山川辽阔　注视苍穹无边
他们沉默着　沉默得让时间失了色
滴答滴答　云霞流成烟
滴答滴答　翠色化成雪
滴答滴答　万物迷失于此
我掉入了黑夜

拉开窗帘　我看见一片深蓝
群山静默　云朵低垂
雪峰半掩　一如明天

离开长白山之前，当地同事邀请我去镇上吃烧烤。饱餐一顿后，已是晚上八点多，小镇要准备入眠了。我们开车返回酒店，上山的路弯弯绕绕，我坐在副驾驶上盯着越发黑暗的前方，感受着山路的起伏。

忽然我想起坂元裕二在《四重奏》中写的一句经典台词："据说人生有三个坡道：上坡道、下坡道和'没想到'。"要我说，"没想到"在三者之中的占比一定最大。

车辆继续在黑漆漆的山间小道上行驶，忽然有人惊呼——快看外面！

我扭头向车窗外望去，天边升起了一朵朵绚烂的烟花，热烈耀眼，点亮了整个黑夜。烟花再璀璨，终会消失在更漫长的黑夜，可至少它们在那刻成了我最甜的记忆。

也许很多年后我依旧会记得，某个初夏，我在遥远的北方小镇，听过山林远古的呼唤，也看过一场无声的烟花。

我们与城市的距离

2020 年过去了三分之一的时候，我才反应过来，受疫情影响，我居然连着四个月都没有出过差。上一年的这个时候，从华北平原到南海海滨，从天府之国到湘西秘境，我已经跑了 7 个城市，飞行了上万公里。

出于工作的缘故，我一年常有一半时间在出差。前些年实在太忙碌，出差不过只是换个地方、换间会议室加班而已。这两年好些，出差时白天忙工作，夜晚还能抽空出去转悠。久而久之我愈发觉得，出差时以一个外乡人的身份造访一座城市，待上几天，或许是与一座城市相处的最佳距离。

旅行时到达一个陌生的目的地，我总是很难脱离游客的身份，专挑当地有趣的地方去。作为旅人，我常常抱着“休闲”“探索”等好奇又兴奋的心态，无论去的是否是知名旅游景点，总是自己感兴趣的，因此我对城市的印象难免会被个人偏好所美化。

而长居一座城市，又是截然不同的情况。生活在这儿，通常有非常固定的活动范围，而每天疲于生活琐碎，闲暇时很难再提起兴趣开拓城市的边边角角。因为长居于此，不知不觉便自信地默认了自己对这座城市的熟悉程度，此时城市的好与坏都在不经意间被放大。可能因为是故土，便觉得它“好”得毫无理由；也可能只因为厌倦，一条拥挤嘈杂的街道便让它“坏”得十恶不赦。

但出差，或者短期客居就不一样了。见过一座城市早晚高峰的狼狈和路人的行色匆匆，就能感受到它跟所有其他城市一样的焦虑不安。而声名在外的名胜和街头巷尾的烟火气息，又让人体会到它守着岁月却又向前奔跑的活力。

有一回在三亚，当地的同事打听到一间地道的海鲜大排档，于是我们满心欢喜地下班，想着能迎着夕阳的霞光在海边大快朵颐。谁知车从日暮开到黑夜，七弯八绕几次迷路，我们才终于摸索到了海边的一个小村落。传说中的大排档隐藏在一间村屋的后头，普通游客根本找不到。吃上饭的时候已经快晚上九点了，同事骂骂咧咧地抱怨着浪费了一晚上，但对我这个异乡人来说，海浪哗哗地拍在漆黑的海滩上，跟蘸着辣椒酱的海味一起，都留在了心上。

还有一回在西安，周末我突发奇想，叫上一个当地的朋友，跑到城郊的古观音禅寺看银杏。到了那儿，仰望着参天古树，满目金黄，我们这才意识到，这是真的到了金庸小说里的终南山脚下。朋友感叹着，在西安活了几十年，倒是从来没来过这儿。人们总以城市的主人自居，却发现有时候因为贴得太近而忘了看它的全貌。

大约人总是这样，当知道自己只能短暂地拥有一段时光时，看待城市的目光反而变得宽容又公平，看得见它的好，也忍得了它的坏。

又或许不只城市，与人相处的距离也是如此，偶尔抽离一小段，反而更轻松。

闲逛才是正经事

在我所有不太正经的爱好里，闲逛是非常重要的一项。即便有了代步车，有了“兜风”的选项，我依旧偏爱闲逛，只不过闲逛的覆盖范围扩大到了更远的街区。我对闲逛的定义是“漫无目的地探索”，这个爱好是从大学开始的。

上大学之前，我不止一次去过北京，但彼时年幼，去的也多半是知名景点，对这座城市的印象并不真切。大一刚到北京时，正值六十周年国庆，我和室友们从北五环坐地铁到长安街，在摩肩接踵的人潮里开始了对这座城市的探索。当时的北京，2 元就能乘地铁坐遍全城，刷学生卡坐公交时单程只要 5 角，共享单车还没有兴起，探索城市的边边角角全靠双脚。

我们喜欢在没有课的下午去探险，因为光明正大地在工作日闲逛，满足感会翻倍。不管是被海淀区高校学生们戏称为“宇宙中心”的五道口，还是城市另一端的 798 艺术区，又或是曾经名声赫赫的西单商厦和动物园批发市场，都有我们的足迹。从积水潭到鼓楼的几公里，我们全靠走路，沿着什刹海的绿柳青砖，走过了一个又一个秋冬春夏。

离开北京多年以后，我脑海中印象最深的，依旧是公交车售票员报站名时难以分辨的浓重京腔、鼓楼大街上一块钱一个的蛋挞、胡同上空回荡的鸽哨声、金色银杏与砖红宫墙相互辉映的秋色。闲逛时遇见的这些平凡的人间烟火气，比任何恢宏的楼宇和繁华的街道更抓人心，它们才是这座城市的呼吸，是绵延不绝的生命力。

恋爱之后，我闲逛的同伴从室友换成了男朋友。大学时我和 K 是异地恋，想见一面并不容易。我们只能在北京、上海两头跑，或者趁着假期找个折中的城市短途旅行。

穷学生没有太多恋爱经费，“压马路”成了最有趣的事。从北到南，我们在北京的景山上看夕阳，在天津的海河边散步，在济南的大明湖畔看广场舞，在南京的明孝陵中踩落叶，在上海的老弄堂里吃馄饨，在浙江老家的高中母校回忆青春。

哪怕工作、结婚之后，有了不错的收入，出门旅行时我们依然喜欢闲逛。我们曾经牵手走过乌鲁木齐的街头巷尾，也曾哼着“忠孝东路走九遍”的旋律，从诚品书店走到 101 大厦，看遍台北夜色。

闲逛不只是与一座城市快速建立联系的捷径，更是人与人之间情感联结的催化剂。

与面对面地坐在高级餐厅吃西餐、相对无言刷手机相比，两人一起闲逛时的情感体验是完全不一样的。闲逛的时候，我们看同一片风景，谈天说地，手心传来的不只是温度，更是心意相通的暖意。年少时或许并不觉得，但越长大越明白，找到一个愿意与彼此“虚度时光”的人，是多么难得。

周末难得晴朗，我们的闲逛地图又拓展到了一片新的街道。民国时期的建筑依旧如昨，而百米之外就是最新潮的网红商场，旧时光与现在交织在一起。

城市在变化，人也在变化。但此刻我们并肩走着，随心所欲地浪费时间，恍惚间好像又回到了 19 岁那年。

咖啡馆流浪记

写下这个标题的时候，我在厦门的一家咖啡馆里。

这家店不在热闹的商业区，工作日的夜晚，店里空空荡荡。离闭店还有一个多小时，店员已经开始收拾清扫，我很有可能是今晚的最后一位客人。

店里播放着令人感到安宁的音乐，指尖在键盘上跳跃，清脆的嗒嗒声在几十米的空间里显得格外响亮。那一刻似乎有一层薄雾在周围轻柔地漫开，缓缓将我环绕，恍惚间偷走了我对时空的知觉，现实世界转眼被抛在身后，而我在脑海中的小世界里开始独自流浪。

咖啡馆是城市里常见又特别的存在。上海是全球咖啡馆数量最多的城市，空间大一些的咖啡馆，哪怕在工作日也是人满为患。爱去咖啡馆的人很多，但原因不尽相同。有人为了社交，有人为了追求“格调”，有人单纯是为了找个地方打发时间。也有少数真正的咖啡狂热者，尝遍城市大大小小的咖啡馆的咖啡，只为了那一口醇香。

我去咖啡馆通常是为了写作。

我算不上忠实的咖啡爱好者，也并非执着于效仿文学大师们去咖啡馆写作的习惯。只是因为独自在家时，我时常觉得时空被按下了暂停键，这种静止当然惬意，但有时却也冻结了思绪。于是我希望找到一个远离世界、逃避社交，却又能够观察生活的角落。这个答案自然而然地变成了咖啡馆。

究竟是从什么时候开始喜欢上咖啡馆的，其实我自己也不太确定。唯一确定的是，喜欢咖啡馆的原因很纯粹——虽然身处一个固定的场所，但在咖啡馆，我总觉得自己在流浪，或者换句话说，拥有流浪的自由。

在咖啡馆，有时我能听到许多声音。文艺创作者向来偏好在咖啡馆寻找灵感，绝非偶然。咖啡馆里可以没有咖啡，但一定不缺故事。

女孩子们是咖啡馆的常客，三三两两结伴而来，五颜六色的甜点和饮品在桌面铺开，颇具仪式感的手机咔嚓声率先响起，按下了闺蜜茶话会的开启键。聊娱乐话题和生活八卦时，女孩眉飞色舞，声音像夏天的风铃一样叮叮当当，比桌上的芝士蛋糕还甜。聊家长里短和职场艰辛时，女孩面如土色，声音低沉又焦躁，比不加糖的美式咖啡还苦。离她们不远或许就坐着谈业务的商务人士，无意中听见些关键词，稍微发挥联想，就能在脑中构建出一个个商业案例。

在咖啡馆待上几个小时，我得以脱离常规的自我，就像在截然不同的舞台剧之间穿梭，在现实主题里流浪。

可还有一些时候，我什么都听不到。

人们低声细语或保持沉默，只剩背景音乐在悠悠然地哼唱。偶尔有些特别的对话隐隐约约地从角落传来，文学、音乐、美术、哲学，无论多么“漂浮”的话题，在这里都显得特别真实。

这时最适合阅读、写作，或者干脆什么也不做，因为沉默本身就已包含千言万语。

我在现实的场景里，却又脱离了现实生活的束缚，我翻开书页就能去世界另一头流浪，敲下键盘就能进入自己创造的梦境。我沉浸在虚幻中，却绝不会显得突兀。桌上的咖啡是我与现实联结的证明，我是世界的一部分，却也在此刻拥有不理世事的自由。

舒国治在《理想的下午》一书中写过一篇《台湾最远的咖啡馆》，他跋山涉水来到台东偏远的小村庄，只为了在咖啡馆里坐上五六个小时。朋友问他为什么，他说大约是因为这里舒服，“约略是所谓全身的放松，或说，对平常的那个你的一种遗忘”。

对城市中的许多人来说，咖啡馆的意义大概如此。不论何时，总有一丝对逃离的渴望藏在人们心底，也许是通过社交做加法，逃离苦闷；也许是通过独处做减法，逃离复杂。

所有隐秘的心思都悄无声息地融化在咖啡馆的馥郁香气之中。

有星星的晚上

初秋的夜晚，我独自沿着宫墙走在长安街上。

国庆将至，天安门广场附近游人如织，不过除却景点入口，其他地方倒是空闲得很。游客们堵在安检口、从人群的缝隙里拍红色宫墙时，我转身朝反方向走去。许多人大概不知道，百步之外，南池子大街的方向，几乎空无一人，红墙金叶满满当当地铺在青黑的夜幕里，绚烂又庄严。

我继续听着歌，从南池子大街走到东华门，一路晃荡到王府井。

路上人不多，时不时能看见街边的餐厅厨师们倚在门边，店员拿着笤帚一边扫地一边闲谈。有时迎面遇见一对情侣，嬉笑着牵手漫步。最少不了的，依然是自行车。男女老少骑着两个轮子的自行车，或飞驰而过，或哼着小调慢慢悠悠地往前去。

后来有那么十分钟，我就在长安街边站着，吃着怀念了若干年的吴裕泰的冰激凌，看着面前川流不息、灯火辉煌的街道，心满意足。虽然可能在行人眼里，我就像个傻子，那又怎么样呢?

晚风拂过，比夏夜更温柔。

之前有时候跟朋友说起，我每到秋天总会想念北方。有人说，这时候就该再读一读郁达夫的《故都的秋》。

是啊。那段“不逢北国之秋，已将近十余年了。在南方每年到了秋天，总要想起陶然亭的芦花，钓鱼台的柳影，西山的虫唱，玉泉的夜月，潭柘寺的钟声”，说的可不就是我吗?

我时常觉得，南方的秋，喜悦多过悲凉。大概是因为桂花太过香甜吧。对桂花香念念不忘之时，却依旧也会怀念很高很高的青色天空，大片闲云，金黄的银杏，或者落了叶的孤独的枝干。

一如现在的我忽然想起，十年前那个在空空荡荡的马路上跟朋友们对月高歌的夜晚。

我曾怀疑，喜欢北京，也许只是因为喜欢那些或许已经经过时间模糊美化的回忆。可每当我重新回到这里，独自走在红墙碧瓦旁，看着电车天线划过苍空，似乎又确认了这种偏爱的真实性。

上一次来北京出差的时候是冬天，我会趁着午休出门遛弯。从安定门内大街穿过南锣鼓巷到什刹海，再沿着鼓楼东大街绕回来，路过的每一条胡同几乎都能勾起我的一些回忆。

工作日的午后街上人不多，青灰色的天空跟许多个记忆里的冬天一模一样。静谧安宁，是我唯一想到的词。对我来说，最绵长持久的回忆，总是无声静默的画面。可能是独自行走，可能是坐公交车时一闪而过的片段。无声总是胜有声。

从中戏门口经过时，我忽然就想起许多年前的夏天。上大学时 **K** 第一次来北京看我，我们在蓟蒿剧场门前的巷子口拍照，青翠的竹叶就像当时的我们。当然，那时的我怎么也想不到，下一次故地重游，竟要相隔这么多年。

这样也好，我私藏着这座城市宁静古朴的一面，仿佛浮躁与烦恼从来不曾打扰我。那份安宁永远会以某种形式与我重逢。

就像几年前，一个平淡无奇的周末午后，朴树在后海街边唱起了歌：

你还记得吗　那时的夜晚　是如何降临的

什么都不说　像来自天空　轻如指尖的触痛

在许多个突然想要散漫虚度的夜晚，我总会点开另外一首歌，叫作《有星星的晚上》。第一次听这首歌时，我就被第一句歌词惊艳到了：

天气好的晚上，把一些小事拿出来牵挂，大的事情放他一晚上的假。

那种感觉像什么呢？像夏天凉凉的晚风，像38摄氏度大热天里吃到的第一口香草冰激凌，像九十月忽然清澈起来的天空，像飞机从南到北穿过的云影重重。从此以后，只要这首歌的旋律响起来，我的心情都会轻快得像羽毛。

天气好的晚上，适合把一些小事拿出来牵挂。我的时间顺序似乎从来都是“秋冬春夏”，就像回忆永远从天高云淡、桂花飘香的初秋开始，然后在阳光灿烂、果香甜蜜的盛夏收尾。

比如我现在依旧记得，许多年前的某个早秋，穿着夏天的睡裙从上铺爬下来，走到宿舍窗边拉开窗帘，忽然发现窗外的白杨树一夜之间多了许多金黄的叶子。我也记得，来上海工作之后的第一次加班，下过雨后的寒冬夜晚，我在湿答答的路边等了一辆又一辆，却始终等不来回家的那班公交，抬头忽然发现马路斜对面有一扇不起眼的小窗悄悄亮起了暖黄的灯。我还记得，19岁那年春寒料峭的某个夜晚，我坐在少年的单车后座，看着空空荡荡的陌生校园在身后远去，影子在地上悠悠荡荡。而异国他乡四野无人的初夏，海浪在耳边拍打着礁石，我们漫无目的地走了许多公里却不觉得厌倦。

记忆里的小事看起来似乎无用，可在时间的长河里，正是这些零碎的瓦片搭建起了人生的框架。

前两年有次去澳门出差，我以非游客的身份待了一段时间。我发现，这座城市跟大众印象中的赌城似乎一点儿也不一样。时光在这里变得很慢，老城的街道纵横交错，地势忽高忽低，在小巷子里兜兜转转，下个转角也许就是一个充满异国风情的坡道。

晚上七八点，巷子里的店铺就早早关门。老城居民们或者慢慢悠悠地散着步，或者坐在小公园的长椅上聊着天，看着三三两两的过路游客，习以为常。这里没有商业城市步履不停的快节奏，没有古旧城市腐朽拖沓的萧瑟，生活不紧不慢，人们安定满足。

后来我碰上台风。台风来的前一天，澳门风平浪静，阳光灿烂。下午走在街角，我看见某个老字号门口挂着古色古香的木质对联，写着“无酒安能邀月饮，有钱最好食云吞”。傍晚时分，店里零零散散地坐着当地食客，一边吃着云吞面，一边跟老板聊家常。

“要打风啦，沙袋有没有搬好啊？”

“肯定准备咯，去年水浸太惨啦！”

……

即将到来的台风好像丝毫不影响他们此刻吃云吞面的悠闲。那份安定，我记了很久很久。

天气好的晚上，走在长安街的我抬头望天。

市中心的灯光明亮，是看不见星星的。但哪怕看不见星星，想到那些小事，我依旧会觉得温暖。或许对于有些人而言，在被生活的鸡飞狗跳折磨的时候，正是这些小事支撑他们拼凑起一片片支离破碎，相信美好的存在，继续昂首向前。

世间的喜怒哀乐在古老的宇宙面前不过是沧海一粟，但那些无聊却重要的小事，却可能成为最触手可及的闪烁星辰，点缀着每一个漂泊的夜晚。

不知许多年后，我是否依然会想起，这个平淡无奇却又觉得再好不过的秋夜。

一个秋天

午后走在路上，梧桐叶还没全部变黄，阳光晒在身上暖烘烘的，甚至又有了返回夏天的错觉。这个秋天好像格外漫长，气温起起伏伏，仿佛在留恋着什么。除却温度的原因，大概还因为我今年格外放松，于是对周遭环境的感知也更清晰。在上海生活的第九年，我好像第一次从头到尾好好地体验了一个完整的秋天。

连着几个周末，只要天气允许，我和 K 都争取出门赏秋。秋天也许是最适合散步的季节，阳光明媚而温柔，天空常常是清澈的蓝，草木在绿色系和黄色系的色阶上随意切换着数不清的外衣。我好像觉得，每一个晴朗的秋日都应该用来散步，否则简直是种浪费。

11 月中旬，虽然节气已过了立冬，但深秋的颜色才刚刚渲染了整座城市。周六下午，我和 K 去市中心的老城区散步。中国人骨子里无疑是浪漫的，人们总会在特定的时节，为了季节限定的某种事物而聚集，比如吃蟹、赏花、踩落叶。我们去的老城区属于历史文化街区，街道很窄，路两旁高大的梧桐树在空中握手，搭建了一座天然的隧道。在这片老城区，许多街道都属于“落叶不扫”的景观道路。一到秋天，纷飞的落叶让原本就浪漫的街区变得更加迷人。

黄昏时分，我们从淮海中路步行至著名的武康大楼，逛完安静的宋庆龄故居，沿着武康路北上。天空由橘粉过渡为暗蓝的时候，我们经过湖南路、五原路，来到人头攒动的安福路。除了话剧中心，这条短短几百米的小路上还布满了风格迥异的餐吧和咖啡馆，食物与咖啡，酒香与花香，各种气味分子在空气中相互缠绕，变成安福路特有的气息。天气好的时候，店家会在室外摆上桌椅，于是人们坐在阳光下或夜色中谈天说笑，享受眼前这一分钟。比起现代化的陆家嘴，这条充满文艺腔调的小路或许更能代表上海最迷人的本质。

于我而言，这个秋天充满了绚烂的色彩。甜美的桂花金，浓郁的栾树红，渐变的梧桐绿，惊艳的银杏黄，从初秋到深秋，自然的色彩渐渐浓烈，画出一个温柔又热烈、平和又生动的秋天。在秋天散步无疑加深了幸福感，那种丰盈的美好仿佛让人产生了生活理应如此的错觉——直到某个秋夜。

那天晚上回家，我在小区门口看见一个在路边与车主交接车辆的代驾司机。那是个瘦瘦的女孩，编着有嘻哈范的小辫子。女孩跟车主确认无误，从后备厢取出小小的折叠电动车，在手机上操作着什么。

我一直好奇，代驾司机如果在深夜接到很偏远的订单，送完车之后要怎么回到住所呢？K 说他曾经跟代驾司机聊过这个问题。通常他们会骑折叠车到最近的公交站或地铁站，然后乘坐公共交通回家。实在不行，他们会就近找个能通宵的浴场，买张票躺一夜。他们知道有哪儿路夜宵公交线，哪儿有便宜的过夜浴场，哪儿有 24 小时营业的便利店。这座城市的白天黑夜、边边角角，他们看得比任何人都清楚。

代驾女孩完成手机上的订单操作，骑上折叠车，纤细的背影消失在深秋的黑夜。那个瞬间，生活理应美好的错觉泡沫被打散。一部分人享受五彩秋色的同时，另一部分人眼中的深秋是伴着寒意的黑色。但或许，只要对明天有所期盼，远方总会亮起暖黄的光。

淮海中路走九遍

下午四点半，我和小彭坐在淮海中路的路边长椅上。初秋的法国梧桐依旧苍翠，只有树顶靠近阳光的一小丛叶子蒙上了秋天的面纱。太阳开始西斜，金色的阳光穿过层层梧桐叶，落在青灰的人行道上。仰头伸手，好像能接到一捧阳光，微微转动手腕，光影就在掌心跳起舞来。

我们已经在路边坐了三四十分钟，有一搭没一搭地聊天，喝着从街边小店买的几乎没什么酒精含量的鸡尾酒。小彭选了一杯“屠苏”，白葡萄酒基底中混入了四季春茶、荔枝酒和青柠，用三色堇和肉桂点缀，像一杯淡紫色的幻境。我喝的叫作“弗洛伊德玫瑰”，伏特加基底的刺激被火龙果和椰奶冲淡，玫瑰花瓣漂浮在奶泡上，为粉色的弗洛伊德梦境添上最浓的一抹色彩。喝一口，清凉的液体沿着食道进入身体，酸甜中有一丝隐约的辛辣，就像此刻。

人们在写字楼里忙忙碌碌的此刻，我们偷了半日，坐在温柔的阳光里，吹着微凉的秋风，在城市最繁华的街道“浪费”时间。可是酸甜的愉悦过后，我们依然绕不开对现实话题的严肃探讨。小彭陷入了30岁前的焦虑，用最平静的语气说出自己快要分手的事实时，却还是控制不住落下泪来。除了当一个合格的倾听者，我不能再为她做些什么，我无法替她消化翻涌的情绪，也无法帮她跳过思考而做任何决定。思考总是辛辣的，但她无路可逃。

人来人往的淮海中路，没有人会注意两个呆坐着望天喝酒的女孩，更没有人会注意她无声流下的眼泪。小彭举起杯子对着阳光，眯着眼看了好久。然后她又喝了一口，长舒一口气说，在这一刻她好像暂时得到了解脱。

酸甜又辛辣，或许这一刻的味道将与长椅、梧桐树、阳光永远绑在一起，刻在我们对淮海中路的记忆里。

我们喝完整杯酒，起身游荡。其实在今天之前，我和她已经有六年没见面了，像这样并肩闲逛的经历更是不曾有过。我们相识十年有余，过着截然不同的生活，但好像始终有一条看不见的线牵住彼此。在不曾见面的这些年，我们都曾各自在这条路上走过许多遍，与不同的人，在不同的季节。这条路存储了我们不曾与对方分享的回忆，直到今天，那些片段终于拼凑在了一起。

我们随机逛完几家店，小彭问接下来去哪儿，我说随便。于是我们决定在十字路口原地休息一会儿，看着红绿灯来回变换。我忽然想起刘子超在阿尔卑斯山南麓的布莱德湖边发呆时写的："我干完了所有该干的事，而这个世界并未要求我再去做什么。"我知道，身旁安静发呆的小彭或许正在心里一遍又一遍地安慰自己，现实的辛辣后劲总会来到，只希望此刻的短暂逃离能持续得再久一些。

有首歌叫《忠孝东路走九遍》，里面唱道："忠孝东路走九遍，脚底下踏着曾经你我的点点。"去台北的时候，我真的哼着这首歌在忠孝东路上来回走了许多遍。后来每次听这首歌，我都会想起台北深夜的五彩霓虹，以及 24 岁时那个开心勇敢的自己。

此刻我们在淮海中路上漫无目的地游荡，一遍又一遍，在看似虚度的一分一秒中努力记住生活此刻酸甜的模样，在刻意放慢的脚步中，准备直面思考的辛辣。

刚刚好的快乐

你还记不记得，上一次强烈地感受到快乐，是在怎样的时刻?

夜晚十点半，我从演唱会现场出来。街灯依旧明亮，身旁的朋友还在欢快地哼着演唱会最后收尾的那首歌。初夏的晚风迎面吹来，仿佛一个巨大的温柔拥抱。过去两个小时在演唱会现场感受到的热烈情绪，在安静的此刻又被无限放大，在心里炸成了一朵盛大的烟花。烟花四散，在深邃的夜幕里留下五彩斑斓的淡影，刻下硕大的两个字：快乐。

我已经很久没有和朋友一起感受过这样单纯而强烈的快乐了。

30 岁的这一年，我做了很多勇敢的决定。其中就包括给自己放了个长假，允许自己暂时脱离忙碌的职场。这个类似“间隔年”的决定，让我有机会重新好好感受平凡的每一天，因此我也比之前有了更多真切地感受到快乐的时刻。

最近我到了杭州，住在高中好友家。高中毕业之后，我们再也没有机会长时间生活在一起，这次同住生活仿佛把我们都带回了高中时代。女孩子们住在一起，其实每天的日常简单又琐碎。白天我们各自活动，晚上回家后挤在沙发上，一起吃水果、聊天、看视频，互相为彼此的穿搭出谋划策。睡觉时我们并肩躺着，熄灯之后互道晚安，满意地跟今天的彼此告别。

这样的时刻没有什么特别之处，我却能感受到刚刚好的快乐。大概是因为我们都知道，在人生的急湍之中，想要让彼此的轨迹汇聚在一起，实属难得。平凡的日常在此刻变得珍贵，共度时光的机会来之不易，也未必还能有下次。

慢下来的时候，我总能感受到更真实的满足。我与另一位好友相约逛西湖，我们从位于西湖西南角的茅家埠出发，走走停停，沿着西岸一路往东北角前行。有时我们坐在西湖边的长椅上休息聊天，说给接天莲叶听，说给远山云雾听。十五公里，两万多步，六七个小时里我们聊了无数话题——宏大的，琐碎的，现实的，虚幻的。

夜幕降临后，我们终于走到了白堤的最高点。好友忽然停下，抬手遥指，兴奋地高声道："看，这就是这座城市里我最爱的地方。"我顺着她指的方向望去，左边是安宁质朴的青山古刹，右边是灯火辉煌的繁华都市，古老和现代，过去和未来，完美地共存于同一个画面之中。

她说，每次站在这里，她都能真切地感到幸福。对她来说，那是种好好生活的踏实感，是仿佛可以触碰到的、有实感的快乐。每当她疲惫不堪的时候，总会在夜晚来到这里，看看眼前的这片风景，呼吸微微潮湿的空气，只需停留片刻，再焦躁苦恼的心也能平静下来。

她说起这些的时候，眼睛像闪烁的星星。我脑中想到一首我非常喜欢的歌，叫作《银河小偷》，里面有句歌词唱道：

我想起很亮的晚上，你喊我回头看月亮，我看着你眼里的光，星星都抵不上。

毫无疑问，在这一刻，她的快乐发自肺腑，而她的眼睛和一字一句，将那种情绪完整地传递给了我。

我与她并肩伫立在白堤的路中央，学着她的样子闭了会儿眼睛，大口深呼吸。也许在路人眼中，这两个女孩子奇奇怪怪，但在这一刻，我再次感受到了刚刚好的快乐——生活美好，万物可爱。

天台

最近到了广州，跟我的大学室友住在一起。晚上七点，她神神秘秘地拉着我说，带你去个好地方。

我跟着她进了电梯，看着屏幕上的数字一直往上跳，终于到了公寓楼的顶楼。出了电梯，她娴熟地领着我走进漆黑的楼梯间，打开手机照明，继续沿着楼梯往上走，终于推开了尽头的那扇沉重的安全门。

穿过楼梯间的一片黑暗，走出安全门的刹那，天光倾泻，颇有《桃花源记》里穿过山口豁然开朗之感。眼前出现的景象让我忍不住惊呼起来。

我几乎不曾见过如此开阔又空旷的天台。广州的夏天，晚上七点天色依旧敞亮。站在天台，此刻的我，视线突破了重重高楼的封禁，只见头顶是无尽碧空，甚至感觉四周也被天幕环绕。湛蓝、玫粉、橙红、金黄，整片天空被这独属于黄昏的浓烈色彩染成了一幅流动的油画。天边有飞机起降，从一团团胖乎乎的云朵中穿过，像极了动漫里才会出现的场景，辽阔至无穷尽也。

我跟着室友走到天台最边缘，站在制高点，微风吹起裙摆，带走了空气中的闷热黏腻，也带走了一切烦恼；俯瞰城市，远处星星点点的灯光渐渐亮起；侧耳倾听，近处生动悦耳的粤语洋洋盈耳。室友笑着说，没骗你吧，这儿是不是特别好？我用力地点头，忍不住闭上眼睛，张开双臂，想要把整个世界拥入怀中。

我看过无数的夕阳，写过许多个黄昏，却依旧沉醉于每个日落，着迷于每片晚霞，在每个能见到夕阳的日子里手舞足蹈。我去过五湖四海，见过车水马龙，却依旧眷恋那些毫不起眼的平凡时刻。

我由衷地感叹，黄昏真美，天空真美，夏天真好，天台真好。一旁的室友笑声清脆，骄傲地说，那当然，这可是我的秘密基地。我忽然想，为什么人们总被热闹的烟火气所吸引？为什么在回忆往昔或畅想未来时，总免不了提起一些看起来普通的生活碎片，留恋着“要是能那样就好了”？我如此，我的室友也如此。我的室友是常年飞国际航线的空姐，或许比大多数人见过更广阔的世界，但她也依旧迷恋这片似乎平平无奇的天台。

我相信我们不会是唯一。人们谈论梦想，谈论世界，谈论宏图大业，却依旧总是被最细微的生活瞬间所打动。主动也好，被动也罢，或放松或放纵，被那些生活碎片精准击中的时候，我们的内心毫无防备。日复一日，那些平淡的日常在心底最柔软的角落搭建出了一片桃花源，收藏了我们最真挚的情感和最坦荡的渴望。

后来，我们去流动小吃摊上买烧烤，然后搬了露营用的小桌椅上天台。我们坐在夜空下，看着天色由明到暗，放着属于夏夜的歌，感受音符随风飘散。仰头遥望，夜空墨蓝，室友打开了观星的手机软件，对着头顶的夜空寻找猎户座和北斗七星。在宏大的自然面前，在一片静谧之中，我总能感觉到个体的渺小，于是除了感受此刻的愉悦，其余的便不再重要。

我知道，头顶有万千星辰与我遥遥相对。在这片空旷的天台，我仿佛拥有整片天空，拥有整个夜晚，拥有整个夏天，拥有整个宇宙。

「城市窥探」

比起在默认的大道上麻木向前，

许多人更倾向于自己开疆辟土。

大家或警觉或好奇，一边奔跑一边观察，

甚至不断质疑，不断推翻重建。

在这个万事皆复杂的世界里，

我们至少拥有选择让自己快乐的权利，

不是吗？

绿灯

在十字路口等绿灯时，我又遇见了那个男生，还是忍不住又多看了他几眼。最近一个月，这是我第六次在同一个路口遇见他了。

听起来像个浪漫邂逅的偶像剧开头吧？可惜不是。

我与他的几次偶遇都发生在早高峰，地点始终是写字楼附近的那个十字路口。他看起来二十多岁，常常穿格子衬衫，偶尔配一件米色的轻薄西装，总是背着双肩包，也许是程序员。有时我们是在等绿灯，有时是趁着绿灯急匆匆地过马路。有时我在他身后，有时我大踏步地把他甩在我身后。

其实第一次偶遇时我就注意到了他，可是我实在不好意思仔细打量，生怕自己突兀的目光会引起他的不安，甚至每看他一眼，内心都会产生莫名的愧疚感。

坦白说，他很难不引起别人的注意，尤其是当绿灯亮起，人群开始拥向斑马线的时候。赶着上班的人大多行色匆匆。绿灯一亮，人们争先恐后地往前拥，个个脚下都像踩了风火轮，恨不得飞起来。

可是他不一样。

他迈开第一个步伐，就立刻将自己与人群区分开来。从走路的姿态可以看出，他的右腿有明显的缺陷，走起路来一瘸一拐，甚至扭动得有些艰难。众人大步流星地飞速穿过马路后，他才刚刚行进到斑马线中央。

可是我之所以说他不一样，并不是指他的生理缺陷，而是他的神色。他走得很慢，可是面色坦然，昂首挺胸，甚至隐隐散发着一种倔强的朝气。人群中难免有人对他侧目，可那些不礼貌的目光似乎丝毫没有影响他的心情。他不曾自卑地低头看地，也不曾因此尝试破坏自己的节奏加速前进。他总是不卑不亢地按照自己的步调向前，迈出的每一步都如此坚实，神情总是那样平淡自如。

我欣赏他，甚至有些羡慕他。

曾经有段日子我极其忙碌，每天除了加班之外，还有大把时间在出租车上度过。早晚高峰时，路况全线飘红，不耐烦的司机开始变道加塞，于是场面愈发混乱，在一个红绿灯路口堵上十几分钟是常有的事。那时我曾想，究竟为什么现在所有人都急着向前，甚至连正常等待都不愿意了呢？

终于有一天，我发现自己也不知不觉地被大环境、被工作、被身边的人推着往前跑，甚至开始有了没必要也没结果的焦虑。那一刻我终于明白，想要不被外界干扰、不被带乱节奏，是需要极强的自我意识的，而想要在快得有些盲目的城市生活中慢下来，也需要极强的自信。

第六次跟他偶遇，还是在等绿灯的时候。我在一旁默默观察，发现哪怕在等待的时候，他也与众不同。早高峰时大部分人面如土色又步履匆匆，甚至连等一盏绿灯的时间都不愿意浪费，总是频繁埋头刷手机，或者伸长脖子朝着对面的红灯频频皱眉。

可是他不一样。

他从不急躁，大多数时候都在认真观察红绿灯的倒计时，有时抬头看天，有时看看行道树。然后绿灯亮起，他又带着那份蓬勃的朝气前进。就好像，前方等待着他的完全不是冗长的工作日，而是希望。

我猜他一定明白，那盏绿灯并不会因为任何急切的渴望而提前到来，就像他的腿并不会因为他人的好奇或奚落而发生改变，所以他选择坚持自己的节奏，走自己的路。

这次我没有着急地超过他。

看着他的背影，恍惚之间，我总觉得有一层微亮的光环笼罩着他。我莫名地笃信他一定会拥有非常美好的一天，他的前方是一片坦途，他人生旅途上的那些绿灯一定都会亮起，不论等多久。

便利店自由

对一线城市的上班族而言，便利店的存在至关重要。小小一间店铺，表面看起来跟小城中的小超市没有太大区别，但意义却不尽相同。许多时候它是年轻人们的百宝袋和应急箱，从食物饮料到办公文具，从生活用品到创口贴，应有尽有。没时间吃正餐时，便利店里的新鲜三明治、面包、饭团、便当，成了大家最好的选择。深夜下班披星戴月的我，看见街角便利店里亮着的灯光，就觉得有安全感——不光是胃的安全感，更是心的安全感。

受疫情影响，最近我开启了“早出早归”的错峰出行模式。每天到写字楼下时才七点出头，我先去便利店买早餐或者中午要吃的便当，再悠闲地听着歌踏进办公室。

清早逛便利店，无疑是幸福的。货架上的商品一应俱全，新鲜上架的便当口味齐全，任君挑选。如果我愿意，甚至可以把所有区域都溜达个遍。哪怕有选择困难症的我，如果想要奢侈地站在货架前花整整五分钟思考到底吃什么，也完全不必担心有人紧贴在身后、投来催促的目光。

听起来是件很普通的事对不对？可这种“便利店自由”的感觉，实在是太美好了。它与金钱无关，时间才是关键。而在一线城市的超快节奏生活中，想要慢下来，是件非常奢侈的事。

我上一次拥有类似的“便利店自由”是在深夜。

我在会计师事务所工作的时候，毫不夸张地说，那时的时间真是掐着秒算的。最忙的几个月，每周工作 80 个小时是标配，从睁眼到闭眼都是工作，甚至在梦中也没能逃脱，然后焦虑地惊醒，深吸一口气又开始新的一天。并肩作战的同事都是年轻人，大家常常彼此开玩笑自黑，谁头发又掉了、谁腰肌劳损了、谁颈椎曲度为零了……虽然不少人天天嚷着要辞职，但多数人并没有说走就走的勇气。当然不是他们不够累，只是他们不敢轻易停下来。

记得北野武曾经说过，“无论做什么工作，都像是在固若金汤的社会堡垒上找石缝，把手指插进去一点一点地往上爬”。其实类似的道理，如今的年轻人或许比上一代有更刻骨铭心的体验。所以哪怕迷茫，大家也依然拼命地跑着，因为谁都明白，停下的人只会迅速被淹没在茫茫人海中。

与上一代稍微不同的是，更多年轻人开始自我觉醒，比起在默认的大道上麻木向前，许多人更倾向于自己开疆辟土。大家或警觉或好奇，一边奔跑一边观察，甚至不断质疑，不断推翻重建。

若干个加班的深夜，我常跟同事一起去公司楼下的便利店。空空荡荡的便利店里，热门食物几乎都已售空，我们没有太多选择。但我们依然很开心，因为不必费力挤开人群，也可以暂时躲开焦虑的情绪。于是我们“偷”了宝贵的十分钟，聊些不那么脚踏实地的话题，比如梦想的生活。这是另一个极端的“便利店自由”，夜深人静时，生活终于被按下了暂停键。

我在清晨的便利店里，依然总是回想起从前的那些深夜。奢侈地在便利店里“浪费时间”的时候，我们在自嘲中学会了适当妥协，却又坚守着对世界的好奇和不甘。

大概，无论哪一种“便利店自由”，都让我们变成了更好的人。

午间写字楼

一天之中，写字楼在午餐时段最有生机。

早高峰往往沉重，刚经历了挤地铁或堵车的上班族心情不会太好，刷卡走进写字楼，一想到立刻就有如山的工作等着自己，脸色愈发阴郁。晚高峰时，能下班的人迫不及待地离开，不能下班的人则哀叹着又要开始漫长的加班之夜。如果写字楼有一张脸，晚高峰的表情一定在欢呼雀跃和低气压之间来回切换。

午餐时段就不一样了。被工作压得抬不起头的人都眼巴巴地盼着午餐，这样就能正大光明地喘口气。预知自己能准时下班的人也盼着午餐，因为名正言顺地消耗完午休，瞬间离下班的点又近了许多步。哪怕是忙到根本无法吃午餐的人，内心多多少少也期盼着午餐时段的到来，因为总有人要吃午餐——可能是不断催促他们交作业的老板或客户，可能是因为某些问题争执不休的同事。他人就餐的时候，埋头苦干的人又为自己“偷”来了一些时间，又或者，换来了难得的片刻安宁。

只有在午餐时段，大家才趋于一致地拥有了短暂的愉悦心情，于是写字楼里便多了许多与吃相关的妙事。市中心的高端写字楼通常与商场连通，午餐时段的餐饮区变成了一个战场。何时去觅食、去哪家店、等位时站在哪儿，诸如此类不起眼的小问题，却都有大讲究。

就餐高峰期，无论哪家餐厅都是一位难求。机敏的人总想着要错峰，可职场新人们往往有心无力，头几次尝试免不了失败，面对徘徊在等位区的拥挤人潮依然茫然无措。资深的前辈此刻才有资格狡黠地一笑，神秘地传授错峰秘籍——错过“提早五分钟”的黄金期，下一个错峰关口就是“推后四十分钟”了，就是不知道熬了一上午的胃能不能忍住。当然，他们不会告诉小朋友，当初自己经历了多少次试错才终于窥见成功的奥秘。

等位自然也有诀窍。在共享座位的美食广场或者生意火爆的小店，如何从众多等位的食客中脱颖而出，尽早抢到一个空位，也是一门学问。首先得判断各张桌子上菜量的剩余情况，挑出余量最少、暗示着“即将吃完”的备选。备选之中，首选目标是挂着工牌、三两结伴、聊天内容全是工作的白领，他们的午休时间显然有限。这其中，男性尽快吃完让位的概率通常要比女性高。风险较高的等位对象是那些打扮休闲又面色悠然的食客，尤其是大爷大妈——他们极有可能只是误打误撞地碰上了上班族的就餐高峰期。能在工作日逛商场的人自然不在乎这一顿饭的时间，要是选择了等待这一桌，想吃上午餐恐怕遥遥无期。但凡在午餐时段等过几次位，我们一定会发现自己察言观色的能力得到了大幅提升。

当然，还有些人选择主动规避冲突，比如我。午餐时段我宁可绕远路，远离写字楼。离开中心战场之后，吃什么、坐哪儿吃，主动权都回到了我手里。一个人吃饭时不用费神跟并不相熟的同事社交，甚至能趁机看会儿电视剧换换脑子。试过一两次我便发现，独处的午间时光会让人上瘾。短短的一小时，就像一次短暂的逃离。我晒着太阳散着步，像块太阳能电池在蓄电。

午餐时段快结束时，人们手中拿着各式各样的饮品，蜂拥走向电梯。他们脸上已没有了早高峰时的阴郁，大概是坚信，在接下来那个漫长的下午，他们手中的咖啡、奶茶、果汁会为自己“续命”吧。

对了，那些忙得没时间下楼吃午餐的人，此时终于等到了前来送餐的外卖小哥，几乎感激涕零。

云端飞行

我们这代人，小时候觉得“空中飞人”是个特别酷的词，多半是中了港台电视剧的蛊。俊男靓女们拖着轻便的行李箱，大步流星地穿过空旷明亮的候机厅，阳光透过落地窗照在他们脸上，他们昂首挺胸，好像头顶自带聚光灯，全世界都在为他们让道。直到有一天，我自己真的成了频繁出差的“空中飞人”，才知道一切根本不如电视剧那般美好。

对“空中飞人”来说，最大的敌人是延误。延误几十分钟是常态，一小时以内都算幸运，若是我们运气不好，从白天等到深夜也并非罕见的事，只能在内心默念“能飞就好”。在候机厅等待了几个小时的我，看着一批又一批乘客登机，却还是轮不到自己——此时无论脸上的妆多么精致，都遮不住内心的疲惫和烦躁。

偶尔也会碰上另一个极端。去机场的路上堵车，偏偏今天运气格外“好”，航班准点，等我踩着点通过安检时，广播已经在催促登机了。于是我只能扛着沉重的电脑包在候机厅里狂奔，若是不幸遇上大型旅行团堵路，就更是雪上加霜。气喘吁吁地奔到登机口时的我，面如土色，头发凌乱，哪里还有什么风度呢？

不过，抛开在机场的种种窘境不谈，我依然热爱云端飞行。不少人会在旅途中感到不安，我却相反。飞行途中我往往能收获最好的睡眠，有时空中熟睡的一小时甚至胜过辗转反侧的一整夜。与世隔绝的云端飞行总让我感到安定而满足，从关闭手机信号、进入飞行状态的那一刻起，我的身心进入了完全放松的状态。在飞机脱离地面的瞬间，我仿佛也变得轻飘飘的，将一切压力和烦恼都置之脑后。

毕竟，在通信发达的现代社会，我们想理直气壮地“玩消失”、光明正大地逃离繁重的工作，这样的机会可太有限了。

飞行的一大乐事是观察天空和云彩。无论飞行多少次，云端的风景总是让人着迷，自由自在又变幻无常。若是幸运地乘坐了傍晚时分的航班，就能在云端与夕阳偶遇，穿过漫天红霞，从绚烂的黄昏飞入靛青的夜色。那番壮美的景色震撼得足以让任何烦忧都消散殆尽，也足以让人瞬间忘记延误带来的痛苦。

因为常年飞行，我爱上了云彩，甚至专门买了一本《云彩收集者手册》，认真观察飞行途中遇到的每一片云。书里有一段话说：“收集东西并不等于要拥有它。你甚至也不用去想如何抓住它。你要做的，只是去看，去记录。”云端飞行大概如此，不过我收集的不只云彩，更是那些纯粹的时刻。

云端飞行是我们观察世界的绝佳时机，脱离了手机和网络，感官变得灵敏起来。稍微认真观察就会发现，云端之上的这段时空中有许多有意思的小事。

前排那位背影壮硕的胖大叔，抽出存放在座椅背后的宣传册，饶有兴致地一一浏览，连化妆品广告图都没有放过。后排的两个女生压低声音叽叽喳喳，偶尔忍不住笑出声来，又彼此嘘声提醒，特别可爱。旁边的商务人士正襟危坐，一脸严肃地盯着手机，但看的可能并不是商业材料，而是玄幻小说。于是我也翻开随身携带的书籍，跳入了另一个虚幻世界。

飞上云端，地面的琐事被封印，忙碌的人暂时放下“生存”，将宝贵的时间放在“生活”和“自我”上，怎么算都不失为一种难得的奢侈。

隐身的名字

我跟一个初识不久的朋友说起自己的名字，她念了几声，赞叹道，真好听。那一刻我突然有点恍惚。

我认真地算了算，过去的十几年，除了家人旧友之外，日常生活中几乎没有人用中文名来称呼我，以至于当我难得听到自己的全名时，内心甚至有种上课开小差被老师点名的紧张感。

大学时我念的是英文专业，毕业之后始终在外企工作，我的工作环境和社交网络决定了英文名的使用频次远高于中文名。我自然地接受了这件事，并且大多数情况下对此十分满意。在外企，无论职级高低，大家均以英文名称呼彼此，简单又好记。没有了“某总”“某主任”“某领导”等明面上的称谓，同事之间的距离感消除了许多，至少在一定程度上实现了形式上的“平等对话”。

但使用英文名，也有相应的麻烦，例如容易发错邮件，接收信息时总要分辨一会儿主角究竟是谁。每当有 Grace 给我发消息，或者听别人提起 Grace 时，我都不得不特别谨慎，无论是直接发问还是在内心沉思三秒，总之必然得问上一句：哪个 Grace？天晓得人们有多喜欢取这个名字，我的微信联系人名单里至少有七个 Grace。不同的 Grace 与我亲疏有别，应答的语气自然也得酌情变化，万一认错了对象，自己挖坑自己跳也只能认栽。

就这点而言，形式上的“平等对话”有时也暗藏杀机，反倒更考验情商高低了。

当然，Grace 并不是唯一泛滥的名字。据不完全统计，我的通讯录里起码还有四个 Rachel、四个 Helen、四个 Mandy、三个 Jason、三个 Amy、三个 Tina，以及数不清的 Mary、Jack、Vivian，等等。相同的名字背后，少数是真正的外籍同事，大部分还是中国同胞。几乎每年春节期间，“城市白领 Jack 和 Mary 过年回家变身狗蛋和翠花”之类的段子总会在朋友圈里广泛流传。

但玩笑之余，我倒觉得有些惆怅。

由于长期使用英文名，我几乎没有机会知晓同事们真正的中文名。我不曾看见蕴藏在汉字中的美好期许，不曾了解他们除了工作履历之外的任何过往，甚至不确定他们真实的性格是否如英文名呈现的含义一样——英文名当然也有含义和来源，可大多数人只图顺口好听，随口一取罢了。说白了，我对许多同事一无所知。一个 Grace 走了，总会有下一个 Grace 出现，他们只不过是一个个毫无意义的英文名代表的冰冷的职位，是下班之后再也不会有交集的过客。中文名彻彻底底地隐身了，连同真实的他们一起。在他们眼里，大约我也一样。

我偶尔会想，究竟是职场迫使我们变成了现在这样，还是我们主动选择通过这种方式简化人际关系？有时我庆幸拥有这样冰冷的关系，有时却又叹惋人情的消散。

不过这番矛盾至少让我确定，经过这番人际关系的筛选之后若能留下投缘的对象，我要做的第一件事大概是抛开那些无意义的字母，让隐身的名字带着他们的故事和真性情重见天日。

这或许是将我们从冰冷的工作机器中解救出来、还原成温暖的个体的那把钥匙。

永不消失的食肆

异地的好友无意中翻到了一张老照片，迫不及待地发给我看。我看到照片时，只不过扫了一眼杯盘狼藉的桌面，就立刻认出了这是哪一家餐馆。紧接着，几乎无须多做思考，我的脑中便自然而然地浮现出若干年前的那个时刻，我记得当时吃的菜品，甚至能忆起谈天的内容，重新感受拍下照片那刻的心情。

照片是六七年前拍的，我们刚大学毕业不久，好友还未搬离上海。二十岁出头的女生总是迫切地想要披上成熟职场女性的外衣，却仍然掩盖不住脸上未脱的稚气。我们虽然开始对化妆品产生浓厚的兴趣，却也能仗着还未完全失去胶原蛋白而理直气壮地素面朝天。我们对工作有说不完的抱怨，也会为生活的鸡毛蒜皮而双眉紧锁，可哪怕积攒了再多焦虑，哪怕觉得自己立刻就要崩塌，只需要与朋友一起饱餐一顿，畅聊上几个小时，好像就能满血复活。不需要十八年，一餐之后我们便又是一条好汉。

不知不觉中我渐渐发现，于我而言，青春的那些喜怒哀乐似乎总是与食物捆绑在一起，而那些特定的食肆就像永不断电的冰箱，完美地保留了我最生动的瞬间。

美食是文学中的一个永恒话题，说到吃，我自然会想起汪曾祺。高邮的咸鸭蛋，杭州的龙井，昆明的米线和饵块，北京的烤肉和花茶……光看名字都让人垂涎三尺，更别说食物背后还有汪曾祺南下北上的诸多趣事。

若说汪老让我记住了食物本身，那么让我对食肆印象深刻的则是鹿桥的《未央歌》。西南联大的“茶馆文化”许多人写过，在战火纷飞的岁月里，泡茶馆成了联大学子们的必修课。鹿桥在《未央歌》里将西南联大的茶馆文化描绘得淋漓尽致，校外的两条街上遍布十来家大大小小的茶馆，从早到晚都挤满了联大学子，有安静地看书写作的，有热闹地聊天玩牌的，总之永远生气蓬勃。茶馆的意义远远超越了一个单纯的食肆，那是流亡学子们的心灵寄托之所，也是记录那段特殊青春的相册。我很难忘记初读《未央歌》时内心所受到的触动，我不曾经历过那个年代，却能从茶馆的日常中感受到那段历史的悲壮与辉煌，绝望之中更有希望。

我猜，大约味蕾的记忆力比大脑更强大，将通感发挥到了极致。在我的记忆里，北京北五环的某家肯德基记录下了埋头写论文的时光，那是难挨的苦；热气升腾的火锅店刻着闺蜜小聚时的亲密无间，那是得劲的辣；上海深夜不打烊的便利店陪伴了加班的长夜，那是难忘的酸；下午茶免费续杯的披萨店藏着说不完的少女心事，那是快乐的甜。时光流转，可那些心情却永远藏在了与食肆相关的记忆里。

又看了看好友发给我的照片，当年的那家餐馆早已关门，城市中再也找寻不到它的痕迹。可对我来说，那些从城市中消失的食肆却永远不会从我脑海中消失。

它们偷走了我的味蕾，偷走了我的心，我的记忆被永远定格在了那里，鲜活明亮，一尘不染，无可替代。

从雨声到蝉鸣

八月末的某一天，毫无征兆地下了一场大雨。时值正午，前一刻还艳阳高照，下一秒却暴雨倾盆。行人被淋得措手不及，慌慌张张地逃向路边商场寻求遮蔽。我手足无措地钻进街边窄窄的屋檐下，低头看见脚边开出一朵朵水花。雨丝微凉，时不时随风飘落在脸上，而我默默深呼吸，嗅到潮湿的空气中染上的树木和泥土的气息。

突然落下的大雨，困住了人群，浇灭了蝉鸣。雨滴狠狠地砸在大地上，盖住了一切声响。当世界只剩下雨声，城市变得很安静，安静得让人有些出神。我脑中忽然冒出那句歌词，“被雨困住的城市，有我像只金鱼游动”。此刻的我明明被困在原地哪儿也不能去，却觉得自己的灵魂像只飞鱼，穿过大雨游向城市上空，仿佛整座城市都化作了我的海洋。

心神跟着雨滴游走，我仿佛能看见发生在城市各个角落的片段。飞驰而过的车辆中，赶路人紧紧蹙起了眉，于他们而言雨是阻碍。先前顶着烈日劳作的环卫工人寻得一处隐蔽的角落，趁着大雨赶紧小寐，于他们而言雨是福祉。而耸入云端的摩天大楼里，忙得焦头烂额的人们终究只顾得上匆匆瞥了一眼窗外，被雨淋得模糊不清的世界似乎与他们无关，他们听不见雨声的纯粹，将他们困住的也远非这一场雨。

八月末的这场雨，来得快也走得快。我还来不及细细欣赏被雨困住的城市，骄阳便放肆地夺回了地盘。雨声消散，城市迅速热闹起来，阳光穿过层层叠叠的梧桐叶，落在刚刚被雨亲吻过的路面。我踏进树荫里，陷入微微闪烁的光斑和渐渐浓烈的蝉鸣。若说方才的雨声是霸道的，不由分说地盖过一切，给城市强制按下暂停键，那么蝉鸣的浪漫则是与城市的快节奏并行的隐藏彩蛋。

对我来说，蝉鸣与光影总是联系在一起，那是夏天，也是青春——不是年龄，而是那种散发着光和热的状态。许多年前实习的时候，在短短的午休间隙，我总喜欢在一家临街的小店吃午餐，坐在落地窗前观察窗外生动的一切。路两旁是茂密的法国梧桐树，面对面矗立着，却向彼此伸出枝丫，紧紧缠绕，连成一片绿色的天幕。蝉鸣洪亮，此起彼伏，明明是极有存在感的声响，却让那一刻愈发宁静。大爷大妈慢悠悠地在公交站台聊天等车，职场精英们神采奕奕地从窗外走过。夏日午后短暂的安然闲适永远定格在了那片蝉鸣和光影里，一并定格的彼时的少年心气，对生活满怀希望，如蝉鸣一般单纯而热烈。

年岁增长，习惯了忙碌之后，我渐渐忘了那片蝉鸣。城市中的杂音实在太多，轰鸣的引擎声，地铁站嘈杂的人声，餐馆里的攀谈声，咖啡馆里的装腔……抬头是高楼万丈，低头是步履匆忙，脑中虚幻的杂念挥之不去，盖过自然万物真实的声音。渐渐地，蝉鸣响起时，多数人只会条件反射地抱怨高温，却鲜有人再去关心阵阵蝉鸣与风吹树叶组成的天然交响乐。

此刻我从静谧的雨中离开，闯入这片蝉鸣，方才寻回那种沉下来感受生活的心境。我们片面地给生活系上枷锁，扣上忙碌而无趣的罪名，却不知是自己失重的心将自己困在了原地。

从雨声到蝉鸣，从微凉到热烈，八月末的那些声音提醒着我，能否看见生活更丰富的那一面，本就取决于我们自己。

无眠

出差到某座沿海城市的第一个夜晚，我经历了久违的失眠。明明身处干燥的空调房，却觉得窗外湿热的空气钻进了我心里，黏黏糊糊的，像怎么都扯不断的杂乱思绪。

多数时候，失眠的症结有迹可循。

学生时代，失眠也许只是因为一场考试，一道难解的题，一段隐秘的暗恋。那时我天真地以为，只要写完最后一张试卷，走出校门，就能告别枯燥难挨的日日夜夜，就能拥有丰富多彩的全世界，包括轰轰烈烈的爱情。少年们当时不曾想过，他们以为的那些“哪怕”会发生的不如意，出现得远比想象中频繁。

后来的某个瞬间，他们从烦琐沉重的工作中抬起头，开始感叹时光如梭，忧心前路迷茫。独居的青年拖着疲惫的身躯回到家，发现自己早已丧失了对社交的热情，在闭上眼睛准备入睡的那刻，却看见了柴米油盐房租水电。而爱情呢，终究不过是大梦一场徒有幻想。从那一刻起，无眠的夜开始缠绕着他们，鬼魅般时隐时现，挥之不去。

还有些时候，突如其来的失眠揪出了深藏在我心底的隐忧，把自己不愿意承认、不想面对，甚至没有意识到的那些灰暗情绪暴露在明处。那些细微的情绪在暗夜里被不断放大，让人无处可逃，于是反倒有了顿悟的时刻。

几天前，我得知一位好友确诊了抑郁症和焦虑症。坦白说我并不吃惊。

我朋友所处的行业工作强度极大。工作七年，我眼见她每天都埋在做不完的待办事项中，恨不得将一天掰成 48 小时。她时常抱怨，却只能继续往前，因为总有一些客观因素让她不得不选择做个“成熟的大人”。而她的“成熟懂事”让她不断内耗，内心的苦涩几乎从来不向旁人提起。若非密友，我永远不会知道，她在朋友圈发布的那些活力四射的照片背后，也许是一张痛哭流涕的脸。

她开始失眠，既向往深夜短暂的安宁，又无法摆脱无处宣泄的负面情绪和烦躁的生活琐碎。白天好不容易压抑住的苦痛总是在无眠之夜原形毕露，而她无处可藏，只能在一个个漫漫长夜里将最后的能量消耗殆尽。

又一次失眠的时候，她终于肯对自己承认，她真的不太好，而盲目的自我鼓励并不能改变什么。她下定决心去就诊，在拿到诊断书的那刻，她回想年少时听过的打鸡血的说辞，觉得未免有些讽刺。

为什么几乎没有人对她说过，承认“我不太好”，真的没有错。

意识到这一点后她如释重负，而那个无眠的夜，注定成为值得她感激的转折点。

失眠时我总会想起苏轼被贬黄州时所作的《记承天寺夜游》，尤其是那句，“何夜无月？何处无竹柏？但少闲人如吾两人者耳”。豁达如苏轼，也一样有自我嘲讽、直抒苦闷的时刻，但也正因如此，我才能看见月色与竹柏的美，让内心获得一定程度的解脱。

此刻我起身看窗外，夜空虽无月，淡淡的微光却在心间种下了一片竹柏。无眠的夜，也未必只有苦涩。

逃离“人设”

前些日子，我有机会与一些大学生共事了一段时间，工作内容和环境都与我的本职工作相去甚远。我们熟悉了之后，一些同学好奇地打探我真正的生活，问我是不是平常就像电视剧里那样，踩着高跟鞋、背着奢侈品牌的包、穿着“小香风”套装，每天妆容精致，喝咖啡吃西餐，聊股票和投资。我问他们，为什么这么觉得？他们回答说，感觉网上和电视剧里的女精英“人设”都是这么写的。我哭笑不得。

我对“人设”的厌倦由来已久。我说的“人设”是指精心打造的、企图在他人心中建立的、未必真实的那种设定。这种厌倦在我随机浏览社交媒体的时候尤其强烈。

如果说，我在各种网络上看到大同小异的美女博主时，只是有些审美疲劳，那么当我看到某些教人如何成为“读书博主”的帖子时，就真的难以理解了。不知道从什么时候开始，连知识类的博主，也有了速成手册。

如果你也满怀好奇地打开这类速成手册，会看见一些在商业通稿里频繁出现的字眼，比如“赛道”“垂直”“人设”“流量”“变现”。无数类似的帖子会告诉你，在当今时代，务必要打造并维持一个“人设”。选哪几类书、按照什么频率发布、如何精心摆拍封面图、文案中用什么词来博取眼球……只有维持“人设”，才能在短期内获得流量，吸引合作方，最终变现。

没错，变现。对于那些按照速成手册的套路包装自己的博主们而言，当“读书博主”的终极目的竟是短期变现，而非读书本身，那读书的意义究竟在哪里？又或者说，“读书”也不过只是一个“人设”罢了。在移动互联网的巨大舞台上，有人演得开心，也有观众愿意为此买单。

诚然，从商业逻辑上来讲，“人设”的存在完全没有问题。但一旦这种“人设”思维渗透到日常生活的各个角落，难免让人觉得不安又疲惫。

“人设”一词蕴含了太多刻意的成分。打造“人设”、维护“人设”，这些动词的背后暗藏着巨大的成本，包括可计量的物质投入，以及不可计量的心神磨损。说话方式成了“人设”的一部分，朋友圈动态成了“人设”的一部分，字斟句酌、精心修图、挑选表情，一切行为的逻辑从“我想”变成了“我应该”。

热衷于塑造“人设”的人，归根结底是在乎外界的目光多过在乎自己，希望用“人设”加固自己在他人脑海中的形象，实则是用他人的眼光绑架了自己。维持“人设”的过程，几乎就是扼杀更多可能性的过程。背负了某种“人设”，就等于放弃了野蛮生长的自由。

回到最初的问题，我对同学们的回答是，这些广为流传的“人设”也许有一部分是真的，但绝不能以偏概全地代表所有。我当然可以以最精致的面貌出现在职场上，但也可以穿着最简单的旧T恤，挎着帆布袋，吃黑暗料理，聊动漫和八卦。这些特质互相矛盾吗？或许吧，但也绝非不可调和。为什么我们非得把自己局限在某种“人设”里呢？

我渴望逃离“人设”。任何与我相符的特质都可以成为我的关联词，但我并不希望被任何一个词捆绑，甚至我被定义为某个词。我是诸多矛盾的综合体，是许多看似不可能的冲突调和在一起组成的复杂个体，是不想被定义的生命，而非商品。

当然，也许到最后，“不想被定义”也成了我在他人眼中的一种“人设”。

焦虑的枷锁

六月底去北京出差，我抽空跟大学好友见了一面。吃完晚餐已经很晚，但我们都觉得意犹未尽，索性决定沿着长安街散步。北方的夏夜凉风习习，我们漫无目的地走着，聊起近况。

好友在创业，相比之前每天打卡上班的日子，虽然在形式上自由了许多，但多了“有上顿没下顿”的压力，于是依旧无法逃脱偶发的焦虑。这让我想起了之前网络上很火的一篇吐槽文章。

文章大意是说，如果你打开某个生活分享类的软件，就会发现满屏都是“人生赢家”，告诉你从 20 岁到 30 岁“应该”拥有什么。总结这些炫耀帖，你会得出一套惊人的结论：25 岁之前就“应该”拥有人生第一个百万，拥有第一台车、第一套房，然后从 25 岁开始“应该”实现财务自由、追寻自我，最终在 30 岁之前“活成自己喜欢的样子”，继而成为 20 岁年轻人的人生导师。

听我说完，好友大笑不止。我们开玩笑说，那剩下的五六十年是要用来修仙吗？

按照人生赢家们的逻辑，30 岁还在为工作而苦恼的我们，哪怕在现实生活里已经配得上“优秀”二字，也远远达不到他们的成功标准。朋友因为工作产生的那点合理的焦虑，在这套标准面前仿佛是个笑话。

对于这类随意指点他人人生的行为，我们表示鄙夷，甚至觉得离谱。但讽刺的是，的确有不少人受这种言论的影响，给自己套上焦虑的枷锁，并且将焦虑散播给更多身边的人。可是，这种焦虑真的必要或合理吗？且不论网络言论的可信度，即便那些炫耀帖是真实的，同一条人生轨迹难道就“应该”适用于所有年轻人？哪怕拥有了人生赢家们所说的一切，就能保证再无焦虑吗？

我跟好友提起最近阅读的书籍。阿兰·德波顿在《身份的焦虑》中坦言，想要通过实现某一目标来永远消除焦虑，这种企图一劳永逸的想法本身就是不可能实现的，因为“生活就是用一种焦虑代替另一种焦虑，用一种欲望代替另一种欲望的过程”。合理的焦虑无法避免，甚至可能成为助力。但若我们将自己的人生强行塞进他人的模板里，因而产生过分贬低自我的焦虑，实在是大可不必。

由这个话题发散，我们说起“内卷”和“躺平”。

我和一位同城的朋友约定要一起学跳舞，约了两年都没实现。我们忙着工作，忙着考证，忙着一些不明白为什么要忙但似乎又不得不忙的事。我们似乎都默认了，许下约定是必要的，而结局不重要，毕竟被迫内卷得焦头烂额的打工人早已习惯了没有结局。

“内卷”这个词从学术界破圈而出，几乎是一夜之间的事。学术界对“内卷”有多种不同的解读，但至少从表面词义来说，“内卷”（involution）无疑是“演化”（evolution）的对立面，是向内和向外的两个完全相反的演变方向。当下社会语境中的“内卷”显然比学术文献中的含义更好理解，像是一个极度消耗精力、充满高强度而无意义竞争的死循环。

媒体推文中常常提到，这一届的年轻人似乎活得特别费劲。许多朋友都有类似的感受：明明那么努力，放弃安逸不停奔跑，但筋疲力尽之后却突然发现这条路似乎没有尽头。被迷茫和丧气精准打击时，我们终于承认，主动选择困难模式的我们已经卷得不能再卷了。

我们逐渐意识到，几乎万物皆可卷，众生皆被卷。但有趣又悲哀的是，大部分人的选择是知“卷”而继续“卷”。

或许多数人会说这是迫不得已，除了继续按照既定模式拼命，别无他法。但坦白说，本质上这与画地为牢无异。不可否认，世俗对于成功和幸福的判定标准高度统一，比如高收入、高学历、高地位，这导致大多数人都认为，通天大道只有一条，无论如何也必须挤上赛道。是的，“赛道”——我们好像已经丧失了自由探索地图的权利。用经济学的话说，在明知有“蓝海”存在的前提下，人们仍然拼命挤在“红海”里厮杀。

可实际上呢？拥有高学历和高收入、头顶知名“大厂”光环的朋友们，做梦都想成为日剧《我，到点下班》的主人公，无时无刻不在质疑加班和过度竞争的意义。世人定义他们是成功的典范、坐拥幸福人生，他们却不断听见内心否定的声音。

既然不认同内卷，那么主动退出，换一条路走不就行了吗？内卷并非不可破，道理谁都懂。只是，选择“少有人走的路”需要极大的勇气和强悍的内心。

我对人类学家项飙的访谈印象深刻。他说如今的内卷有个很重要的点，就是“不允许你退出”，人们无论如何都会按照固定模式去竞争，因为“如果你退出竞争，你有道德压力”。名牌大学毕业生遵从内心喜好去做手艺人，会被质问，“你考虑过父母吗”。适龄女青年不愿将就地结婚生子，会被教育，“什么年龄就该干什么事”。大多数人顶不住外界的质疑，最终放弃成为独立鸡群的那只鹤，哪怕不“从众”，其实根本就不是罪过。

好友说起之前看到过的新闻，大致是说某高校教授抨击年轻人“躺平”。可是，“躺平”真的代表消极的放弃吗？至少我们不敢苟同。内卷之所以导致巨大的焦虑，最关键的本质是“过度”且“无意义”，所谓的“躺平”或许只是回归“适度”、破“卷”的一种方式而已。而破“卷”并不意味着逃避和怯懦，更不意味着不努力，而是努力的方向和方式不同。

路有千万条，因为没有挤上某一条路而过分焦虑，草率地判定前方山穷水尽，无异于给自己的人生套上了毫无必要的枷锁。至少我始终觉得，拒绝盲目同质化，将评价人生意义的标尺由外部声音转换为内心诉求，为自己而活，对自己的选择负责，才算真正尊重自己的人生。

路过的巡警似乎听见了我们的谈话，投来不经意的一瞥，若有似无地笑了笑。在长安街执勤的警官们大概早就对此见怪不怪了。从东走到西，从国家博物馆到大剧院，天文地理艺术时事，过往行人口中各式各样的话题，他们早就听了个遍。

长安街走到尽头时，话题也刚好落幕。想起路过天安门广场时遥望到的盛典装扮，我忽然有些感慨。百年前的新文化运动，一群青年在黑暗中奋勇地寻找光。百年后，在同一片土地，我们在另一种混沌中尝试走自己的路。

无用

表妹升入高三了，暑假我去看她，小姨一家开始与我探讨表妹将来的大学专业选择问题。

表妹的学习成绩很好，更难得的是，她完全具备未来高等教育阶段所最需要的自觉和自律。如果她想，我觉得她应该能进入目标院校的任何一个就业最热门、最“多金”的专业。但我还是对小姨说，希望他们能够允许表妹遵从内心的喜好，选择她真正喜欢的专业，哪怕是短期没什么“钱途”的基础科学研究。

这是个朴素的愿望。唯有真正的热爱能支撑人长久地前行，并且在长征途中面对困苦也毫不悔恨，甘之如饴。但我深知，在当下的社会环境中，实现这个愿望太难了。我们常处于一种“不得不”的状态，就好像被扔在一台在悬崖边运作的跑步机上。不想坠入深渊，我们就不得不跟着外界环境设定的速度，在跑带上不停迈步，减慢速度、调整方向或者停止，都是危险动作。这台跑步机似乎永不停歇，并且出现在几乎所有生活场景中，工作、婚恋，甚至学习。

学习本应是纯粹而自主的，远不止狭义的应试，也不该完全被目的性所绑架。比起“奋斗”这个词，我更喜欢“探索”。“奋斗”隐约充斥着某种被动的压抑感。为了某一目的而努力斗争，言下之意仿佛在说，某一目标就是人生的终点，实现了某一目标之后，前行的脚步就会停止。但人生的意义难道仅限于此吗？

研二的时候我有一门选修课，老师是外聘的专家。老师今年50多岁，但因为长期健身，看起来身材健硕，状态非常年轻。他少时进入少年班学习物理，后来出国深造，又去了哈佛商学院。他端过盘子，搞过科研，在最顶尖的企业工作过，也创过业。这门课涉及的知识范围非常广泛，课堂上突如其来的问答互动，以及充满跳跃思维的知识点，常让人自惭形秽，只恨自己的知识储备太少。

我还记得最近一次课，我们从中世纪艺术讲到文艺复兴的代表人物，从油画的发明者扬·凡·艾克讲到拉斐尔的《雅典学院》，从北宋的沈括讲到东西方工业革命，从氢弹讲到合成生物学和神经科学。课间休息时，老师甚至在教室里播放起了嘻哈饶舌音乐。

这一切都源自老师对知识保持的开放态度。学习的本质是获取知识并改变自我的持续的过程，非目的性、非功利性的探索，或许蕴藏着更多选择和可能。

那天我强烈地感受到了智力上和心理上的愉悦。知识的多元化和世界的多样化给我带来了巨大的冲击，许多看似毫无关联的事件在某些时刻产生着联结，也许是因果，也许是某种遥远的相似性。这些知识或许在当下毫无用处，我也未必能真的记住多少。但它们的存在，让我意识到自身的渺小，进而产生更加强烈的对未知的渴求。

复旦有句广泛流传的民间校训叫“自由而无用”，被许多复旦人誉为复旦的灵魂。“无用”显然并不是真的指没有任何价值，而是远离功利、广泛探索，是不迎合外界所设定的目的坚持自我。正如康德所说，“人是自身的目的，而非工具”。这种“无用”，也是思想自由的前提，保持好奇也保持怀疑，保持坦诚也保持独立，保持谦卑也保持自信。

我不知道未满 18 岁的表妹能否理解这种“无用”，但我期待她能无愧于心地做出选择。我希望她离急功近利远一些，离纯粹的真理近一些。因为在漫长的人生里，或许最为有用的，反倒是“无用”。

努力“年轻”的年轻人

我对大部分节日都不怎么敏感，但唯独六一儿童节是个例外。

说来是不是挺可笑的？一个 30 岁上下的“成熟”社会人，最执着的节日却是六一儿童节。要说有什么特别的理由，我想大概是因为，这个日子总能提醒自己年轻的可贵。我说的“年轻”当然不是指年龄。

我有个好朋友是名校的金融专业博士，还没毕业就开始自主创业，就算谈不上混得风生水起，至少也是四平八稳前途坦荡。这样一个女博士该有怎样的人设呢？不苟言笑的拼命三郎？无所不知的百科全书？还是严肃老成的孤家寡人？然而都不是。

事实上她爱笑爱闹，爱情美满，脾气耿直，从不惺惺作态，也不爱掉书袋。遇上不爽的事，她照样会破口大骂。她爱刷剧、看八卦，还追星，甚至把追星当作一种精神支柱。长辈说她“没个正形”，老大不小还像个小孩，一点都不像个博士。这时她会笑着接受，再坚决反驳。没个正形怎么了，追星怎么了，脾气耿直又怎么了？博士就该端庄稳重、一心只读圣贤书吗？博士就不能有点自己的爱好、就不能追星了？于是她一边坚持当个没正形的“小孩”，一边做研究、发论文、带着团队做了一个又一个前沿项目，年纪轻轻便已在业内崭露头角。

你看，这些看起来矛盾的词汇集中在一个人身上，其实一点也不冲突。她身上有一股劲儿，她始终在尝试着撕掉标签，打破人们对某些身份的固有印象。纯粹热烈，开放包容，保持好奇，敢想敢做——这在我看来，是真正难能可贵的“年轻”。

有人会说，三十而已，本来就还年轻嘛，这有什么奇怪的呢？可是说这话的人，但凡稍作观察，就会被现实打脸。比起朝气蓬勃，更多人过分早熟。二三十岁的年轻人以“社畜”自诩，心里羡慕的可能是退休的跳广场舞的大妈。比起撕掉标签，更多人希望自己被贴上所谓被大众认可的标签，因为他们渐渐发觉，墨守陈规比开疆拓土安全得多。如果有基于心理年龄的人口统计，我猜，心理老龄化远比生理老龄化更严重。

经历过现实生活的毒打之后依然保持“年轻”，并不是件容易的事。正因如此，我才更欣赏那些既学习社会规则，又巧妙地保护着自己的棱角的人。不管以何种方式，他们都坚定地守护着自己内心那撮燃烧的小火苗，那可能是对世界的好奇，可能是对人生可能性的希冀，也可能只是一点点不甘妥协的倔强。

和许多普普通通的年轻人一样，我的博士朋友自我调节的方式是浅程度的追星和“嗑 CP”。

在任何公众场合，如果看见形单影只的年轻人对着手机屏幕露出难以抑制的甜笑，除了恋爱之外，还有另外一个可能——嗑 CP。如今，嗑 CP 好像成为一种自我补充能量和糖分的方式，在万物皆可组 CP 的当下，嗑 CP 带来的快乐比恋爱更容易实现。生活既定的苦涩无法更改，那索性就自己加点糖吧。

坦白说，很长一段时间，我都不曾充分正视嗑 CP 行为在精神层面产生的实际作用，也从未试图深究这一现象盛行背后的合理逻辑。直到我追完某部剧，后知后觉地发现自己每天的“快乐值”似乎升高了，只好承认我也终究难逃嗑 CP 的魔咒。让我们念念不忘的那些情愫，那些跟着剧中人物感受过的喜怒哀乐，就像钉子一样深埋在了身体里，甚至成为一种情感慰藉。

或许有人并不理解，甚至觉得嗑 CP 的年轻人有些疯魔，就像许多人提起“迷妹迷弟”时，总容易将其与“年少无知”等并非褒义的词汇相关联。但这一略带偏见的刻板印象逐渐与事实相去甚远，越来越多成熟理性的资深“社畜”也加入了嗑 CP 的大军。我见过不少朋友嗑 CP 的状态。她们无论在生活中还是在职场上都堪称独立且强大，你很难想象一个工作时雷厉风行的女强人，在闲暇时嗑起 CP 来却是一副狂热少女的模样。有时我们也会自问，嗑 CP 究竟为什么会有这样的魔力？

事实上，嗑 CP 现象背后的逻辑完全符合弗洛伊德的“替代性满足”理论。人们总是感慨成年人的世界越来越难获得快乐，无论是感情还是工作，人们难免被现实生活挫败，甚至常有无力之感。而嗑 CP 之所以让人们沦陷，正是因为人们能在零成本的前提下将自己的情感投射到喜爱的对象身上，见证他们的美好，从而满足自我对于快乐和甜蜜的渴望。

台湾作家黄国峻在小说《度外》中写到主人公对于购物商场的迷恋，哪怕只是单纯进入那个小世界，她看见那些招牌标志时的亲切感也是真实的，购物商场成了她“深植情感的流动式的土地”。这种对日常生活的短暂逃离所带来的快乐与嗑 CP 何其类似。

嗑 CP 带来的精神层面的满足真切而强烈，只要适度，甚至能促成良性循环。用我的博士朋友的话说，哪怕生活再苦再累，只要她嗑的 CP 是甜的，她就能拥有继续往前冲的动力。

嗑 CP 像是一场成年人的游戏，与其说是逃避现实压力，不如说是暂时切换频道去了另一个平行世界。那个世界是大家自己创造的糖分补给站，人们拥有主动选择的权利，去相信或创造一切美好。人们在那个甜度满分的平行世界中充分补充能量，收获精神上百分百“全糖”的快乐，再回到现实世界中“满血复活”，面对生活的苦辣。只不过，我们仍需时刻谨记的是凡事皆有度，嗑“糖”需谨慎罢了。

我的博士朋友说，她追星是因为能从中感受到单纯的快乐，感受到一些美好的力量，微妙又强大。看球、看动漫、收集盲盒，或多或少都有着差不多的提供快乐的功能。

在这个万事皆复杂的世界里，我们至少拥有选择让自己快乐的权利，不是吗？敢于选择快乐，也是年轻的另一种体现。

又一年儿童节到来的时候，我和朋友们互相祝福儿童节快乐。在充满不确定的灰色生活里，努力“年轻”着的年轻人们正在试图用自己的方式，留住最后一丝孩童般的率真和倔强，用自己的方式维持着珍贵而脆弱的对世界和明天的好奇。

像少年那样起飞

桌面上渐渐出现金色光线时，我起身走到窗边。会议室的落地窗外，是一整片辽阔的停机坪。一架飞机从尽头冒了出来，沿着滑行道缓缓前行，转过几个弯，在起飞跑道就位，开始加速。片刻后，白色的庞然大物昂首展翅，如同一只雄鹰冲向无尽天空，消失在夕阳余晖里。

这是我第三次有机会在机场工作，工作间隙，我时常会忍不住盯着停机坪放空一会儿。我很喜欢观察飞机起降，尤其喜欢飞机起飞的瞬间。我一直觉得，飞机昂首向上脱离地面的那一刹那，透着一股坚决和勇毅。每次看那个瞬间，我内心都有一种难以言说的触动，想象自己是那架飞机，义无反顾地奔跑展翅，冲向辽阔而又未知的高空。

那种状态，我觉得很“少年”。不知天高却也无畏，一腔孤勇满怀炙热，渴望脱离引力的束缚，坚定地自由飞翔。

虽然已经工作多年，但我仍然时常被人误认为是刚毕业的小姑娘。我为此开心，并非是因为容貌受到了夸赞，而是因为在他人眼里，我身上仍然保留了“少年气”。这对我来说是莫大的褒奖。

人总是很奇怪，年少时喜欢装深沉，年长后又羡慕儿时纯真，步入社会几经沉浮之后，开始畏畏缩缩地瞻前顾后时，方才发觉少年心气有多可贵。可惜，并非所有人都能保持飞机起飞时那份激昂的冲劲，更多人早早地丧失了少年的印记，渴求高空巡航时的平稳，抑或是期盼早日落地，告别未知天空。

可我偏偏对少年心气依旧情有独钟。少年心气固然掺杂着苦恼无措，却最是自由热烈，像六月的一场雨，盛夏的一阵风。

我至今还记得高中时看《蓝色大门》的情景。某个炎热的夏日，窗外蝉鸣不断，风扇呼呼地转，不远处的桌面堆满暑假作业和试卷，而我一个人蜷缩在椅子上，跟着电影里的主人公们做了一场梦。我看着他们在盛夏的光影里踩着单车追逐彼此的背影，看着他们讨论这个“什么事都没有做”的夏天会给人生留下一些什么，看着他们抱着自己的秘密默默猜想未来的几年大家会变成什么样……我忽然明白，人生的困扰不会因为年岁增长而变少，而那份一往无前的少年心气却能长久地支撑自己去寻找下一个答案。

诚然，少年心气也伴随着持续的迷茫与挣扎。在成为自己的过程中，我们注定经历彷徨与无措、痛苦与怀疑，光明世界与黑暗世界或许永远对立着并行，内在世界与外在世界始终割裂又统一。可即便如此，比起故步自封地蜷缩在自以为安全的保护壳里，奢望一生顺遂无波澜，我宁可一直出发，在不同跑道不停起飞。这正如赫尔曼·黑塞在《德米安》里写的那样，“人只有一个使命：走向自我”。

就在一个多小时前，又一批少年结束了高考。我的高考已经结束 12 年了，当年刚走出考场的我，并未想过 12 年后自己会身处何方。此刻我望着停机坪，又一架飞机正准备起飞，像那些冲出考场的少年一样，朝着可期的远方飞去。飞机离地的瞬间，我偷偷许愿，希望永远留住那份少年气，永远向上向前，起飞，翱翔。

嗨，邻居

晚上 9 点，在听了十几遍磕磕绊绊的《孤勇者》之后，我知道楼上练钢琴的邻居今天要准备休息了。我知道 3 个小时之后，我的邻居们都会点开线上买菜 App，开始添加购物车。我知道第二天凌晨 5 点 50 分开始，包括我自己在内的所有人，会开始疯狂点击手机屏幕，参与 6 点准时开始的全市人民的“团建活动”——抢菜。6 点这波攻城失败的同志们，会在 8 点 30 分发起二次进攻。当然，最终由于抢中的概率实在太低，邻居们会在业主群和无数个团购群里再次热烈商讨“自救”的团购计划，开启新的一天。

在这次疫情管控之前，“邻居”这个概念对我来说很虚无。

小时候住在单元楼里，上楼下楼，至少认识对门和楼下的邻居。那会儿有许多小伙伴都住在一个小区，放学后一起在大院里玩耍，跟社区里的邻居们多少能混个脸熟。工作之后定居上海，我所住的楼房配置了对开门的电梯，由于设置了梯控，每户人家等同于享受着“一梯一户”的独立空间。入住多年，我甚至不知道电梯对门住的到底是谁。而我显然也不是唯一的异类——像我这样时常早出晚归、几乎从来不参与社区活动的上班族，早已对彼此独立的邻里关系习以为常。

这一切直到疫情突发。

我从来没有像现在这样，如此强烈、如此真实地感受到邻居的存在。

生活在一夜之间充满了魔幻与荒诞，但值得庆幸的是，我拥有一群强大且靠谱的邻居。在外界条件处处受限的情况下，邻居们开启了高效、有序、负责的自救计划。大家完全靠着自己的力量，或是互帮互助内部协调物资，或是以极高的效率自发组织团购，依靠极强的自律性和执行力，自助求生。

恩格尔系数急速上升的日子里，每天最重要的事情是紧跟社区团购群的脚步。邻居们苦中作乐，在抢菜大战中彼此洗脑“不要放弃”，在库存告急又抢不到菜的时候互相开玩笑，劝解彼此跟过期食品和解。

物资情况瞬息万变的时候，年轻人记挂着不会使用手机团购、没法线上抢菜的社区老人。物业工作人员忙不过来的时候，邻居们都自告奋勇地报名当志愿者。同一幢楼的邻居们，通过无接触式的电梯投递方式交接物资，互相接济。一度山穷水尽的我，从邻居那儿获得了珍稀的大米、鸡蛋、盐和牙膏。

一片混乱中，大家还是在努力生活。该上班的依旧要干活，该上课的依旧要学习。我在若干个抢菜闹钟、物资团购提醒的间隙里，试图将大脑推回正常的思维轨道——虽然我在为下次网课的案例做完了一堆战略分析之后，并不知道这对于明天的实际生计有何帮助。但不论如何，我们都在努力把七零八落的生活拼凑成原本的样子。为了减轻物业工作人员的负担，我甚至比平日更系统地做了垃圾分类。

我们中的每一个人，都在认真地给予彼此温暖和希望。

从这个意义上讲，要感谢这段混乱不堪的特殊时期，否则像我这样的社恐，大概永远都不会进入那么多群，不会感受到这样生动又温暖的邻里关系，也不会从生存的意义上，深刻理解“天助自助者”。

足不出户的管控抗疫，让许多声音都消失了：清晨邻居们遛狗的声音，晚餐后小朋友们在花园里追逐吵闹的声音，快递小哥拉着拖车送件的声音……世界忽然变得特别安静，静得让人不习惯。但与此同时，我也听到了更多来自邻居们的声音。

我知道楼上的大爷大妈会准点收看电视新闻。我知道楼下邻居家有个小男孩，会跟着动画片的歌曲在阳台上手舞足蹈。我知道隔壁单元的小朋友什么时候起床，什么时候会进行蹦蹦跳跳的睡前活动。我知道每天晚上练习流行钢琴曲弹奏的邻居进步喜人，从弹奏的曲子推测邻居大约是个八零后。

抗疫居家期间，我的嗅觉也变得非常敏锐，因而对一日三餐的时点变得特别敏感。一到饭点，各家厨房的气息会从各个角落渗透进来，仿佛在骄傲地宣告，机智贤惠的邻居们又利用仅剩的食材做出了哪些创造性的发明。

这所有的一切，让邻居们的形象第一次在我眼前变得生动起来。

我们依然只是比过去稍微熟悉了一点点的陌生人，但当所有陌生人在特殊时期会聚在一个个团购群、业主群，一起筹划物资，一起互通有无，“邻里关系”忽然就变得鲜活而真切，忽然就有了集体作战的真实感。我们正在共同经历一段必将载入史册的日子。

或许在上一辈看来，这样的“网友”关系依旧算不上是真正的邻居，但我们这些“网友”却明白，彼此近在咫尺。这种线上与线下的联结，特殊时期的互助，形成了我们这代人的邻里关系。

傍晚时分，团购群里的邻居们依旧在热火朝天地研究未来几天的温饱大计，楼下厨房的烹饪香味开始钻进我的阳台。我站在窗边，听着手机不断响起的提示音，闻着空气里让人安定的饭菜香，花了足足三十分钟观看一场日落。

我放着音乐，拍着夕阳，甚至还拍到了一架穿越晚霞的飞机，在一片热烈燃烧的红霞中与落日擦肩而过。我猜，听到音乐的邻居们也能感受到我的存在。在这个特殊时期，我们与彼此分享黄昏的这一刻，分享我们不曾改变的对生活的期待。

阳台

小区防疫管控一段时间后，终于有邻居按捺不住内心的躁动，将足不出户的苦闷化作了一张“阳台音乐会”的宣传图，在业主群里炸开了花。积极分子们踊跃报名加入组织方的阵营，其余观众纷纷表示要认领“气氛组”的工作，翻出家里尘封已久的手电筒、过去参加演唱会留下的荧光棒，实在没有装备的也要用手机闪光灯顶上。疫情之下，这种希望参与群体狂欢、希望与彼此产生联结的热情被无限放大，阳台变成了一个让人有所期待的符号。

曾经，阳台对我来说是有着特殊意义的存在。

小时候，我们家住在五楼，是这幢单元楼的顶层。那时候没有那么多高楼，也没有“封窗”一说，家里的阳台是开放式的，所以我每次站在阳台，都能体会一览众山小的感觉。在这幢水泥建筑里，阳台是唯一让我与自然产生直接联系的地方。

我对季节的第一感知总是来自阳台。换季之时天气多变，不确定室外温度时，家人的第一反应总是让我去阳台“感受一下”。风是永恒的信使，春风和煦，夏风清凉，秋风馥郁，冬风凛冽。站在阳台上，让风轻轻拂过皮肤，我接收到的不仅是四季温度的讯号，还有时间的流逝。

我喜欢在黄昏去阳台。天气好的时候，在阳台上能眺望到远处的山峰。浙江多丘陵，横店的山算不上高，但至少有一片墨绿供人遐想。黄昏日暮，山峦陷入霞光的温柔怀抱，整点的钟声在镇区上空响起，惊起鸟群，于是朦胧的远山之上，一片红晕之中，出现了飞速移动的点点墨迹。这时深呼吸，能闻到四面八方传来的食物的香气。不一会儿，小区大院里响起了各家叫唤孩子回家吃饭的声音，从阳台往下看，会看见原本聚在一起玩耍的孩童互相道别，叫着跳着，朝不同方向跑去。我在阳台上，感受着平凡的一天之中最生动的时刻。

高中的时候住校，女生宿舍门外开放的走廊成了另一种形式的大阳台。女孩子们叽叽喳喳玩玩闹闹，编织成了奇特的交响乐。当时我跟好友们住在不同的宿舍，有时我们会在熄灯前聚在走廊讲悄悄话，一片热闹的背景音里，藏了许多个有晚风知道的秘密。很多年后，我在网上看见高中生们在宿舍阳台大合唱的视频，还是会羡慕那种青春的热烈与坦荡。

上大学去了北京之后，我就与开放式的阳台告别了。大学宿舍的阳台是全封闭的室内阳台，后来定居上海，小区也都做了封窗。阳台上依旧有花有草，一年四季飘着洗涤剂的清香，但阳台的存在感逐渐变弱，它渐渐变成了钢筋水泥的一部分，仿佛不再是我与自然、与真实生活连接的窗口。

“阳台音乐节”活动当晚，第一首歌准时响起时，小区里的每户人家都打开了阳台封窗。欢呼尖叫声此起彼伏，音浪一浪高过一浪，点点星光从每个阳台亮起，银色光斑随着旋律摇曳起伏。我们站在各自的阳台上，用音乐、用呐喊、用手中的光源，一起在黑夜中编织了一片梦幻的璀璨星海。

这个夜晚，阳台承载了太多对自由的向往，从前的阳台好像回来了。那一刻我想起儿时的夏夜，在阳台仰头看星星，憧憬着夜空之上的宇宙，以及即将到来的明天。

被猫驯服的人

我们养的第一只猫是只蓝白英短小母猫。第一次见到它时，它缩在角落，睁着一双无辜的大眼睛，胆怯又委屈，遥遥地看着我们。跟它对视的瞬间，好像有个声音郑重宣布：就是它了。

接猫回家之后，K 问我给猫咪取什么名字好。我看着眼前这个陌生的小家伙，它正在好奇又谨慎地探索它的新家。八字脸，浑身圆乎乎的，前腿并拢时会合成一颗小小的爱心。它确实很甜。灵光一闪，我说，就叫它“甜筒”吧。

养猫后第一次出差，我的项目现场在极其偏远的上海市郊。偏巧，K 也恰好要去外地出差，而甜筒却身体抱恙。于是原本应当驻扎市郊的我，为了晚上能回家照顾甜筒，选择每天花费 4 个小时往返。

后来，每次出差的第一天，我最想念的竟然不是另一半，而是甜筒。K 吃醋说：“咱们家的家庭地位排序，莫非是你第一，甜筒第二，最后才轮到我吗？难道我现在连猫咪都不如啦！”我开玩笑地承认。当然，并不是真的因为爱猫胜过爱他。

也许会有人说，猫咪这么可爱，怎么可能有人不喜欢呢？但事实上，我的确曾经强烈地反对养宠物。我有轻度洁癖，并且万事嫌麻烦。更重要的是，面对任何生物对我表示出的亲热行为，我的第一反应几乎都是出自本能的抗拒。但 K 不一样，他非常喜欢小动物，为了实现养猫的梦想，几乎对我施遍了孙子兵法的三十六计。K 坚持不懈地软磨硬泡了两三年之后，我终于妥协了。

都说猫咪有治愈能力，我从前并不能体会。不过，在把甜筒接回家的第一天，“真香”定律就在我身上应验了。

造物主偏心，赋予了猫咪超群的美貌，一双晶莹剔透的眼睛像水晶球。任何事物映在它们眼里，仿佛都被盖上了一层滤镜，变得更美妙了。甜筒通常很安静，常常打盹，时而自娱自乐，时而静静地趴在窗边看外面的世界。有时候我也会好奇，猫咪会思考猫生的意义吗？每天发呆的时候都在想些什么呢？但不论如何，不论甜筒做什么，它总能吸引我的注意。我忍不住跟它说话，哪怕我知道它根本听不懂，我也毫不在乎。甜筒总是自由自在，除了食物，这世上好像没什么值得在意的。看着它，不知不觉的，我似乎觉得自己的心也变轻了一些。

甜筒是只非常聪明的猫，很小的时候就学会了开门，甚至还偷偷学会了自动投食器的使用方法，以至于我们不得不把物理按键全部禁用，防止它偷偷给自己加餐。我时常怀疑甜筒能完全听懂人类的语言。哪种语气代表着它有新的食物可以尝试，哪种语气代表可能要外出洗澡或去宠物医院，哪种语气代表我们要谴责它犯的错误——它好像完全能分辨出每种语气背后的情绪或潜在目的。

当然，更多的时候，当我们出于无聊呼叫甜筒时，它只是懒懒地回头看一眼，身体却纹丝不动，大概意思是："朕知道了，爱卿有何事要奏？"仿佛我们才是它的玩偶。

后来我们又养了第二只猫，是只傻憨憨的金渐层弟弟。我们延续了甜品系的取名方法，给他取名为"Cookie"，金色的小饼干。Cookie是个撒娇小能手，明明是个男孩子，叫声却非常娇俏。Cookie每天会蹲在门口等我们回家，一开门就激动地哇哇叫两声，小脑袋迅速凑上前来拱我们的手。看不见我们的时候，它会在客厅里叫唤，四处找我们。很久没有陪它玩时，它会在我们面前躺倒，翻肚皮，要求我们抚摸它的小脑袋。我们有时怀疑，这只金渐层猫咪身体里是不是住了一只金毛犬的灵魂。

Cookie和甜筒的关系很有趣，就像是热情小学弟和高冷学姐之间的孽缘。观察两只猫咪的互动，也成了我们生活的一件趣事。不过它俩的共同点是，把K视为"家长"，把我当作"同伴"——甚至会把它们喜欢的玩具叼到我面前，邀请我一起玩耍。这大概是出于K承担了大部分铲屎官的苦力活的缘故。

我时常觉得，与其说猫咪是人类的宠物，不如说是猫咪毫不费力地把人类驯服了。

我朋友圈中的含猫量非常高，特别是独居的朋友，似乎大部分都养了猫。长期独居的年轻人多半内敛，不喜社交，说得严重一些，甚至有不同程度的社交恐惧症。选择独居，原本是为了远离令人疲惫的人际关系，避免合租可能带来的各种防不胜防的矛盾冲突。可独居时间久了，难免发现自己落入了另一种窘境：过度的孤独。他们开始养猫，一开始或许只是为了家里能有些声响，又或是为了防止自己的语言功能因为沉默太久而彻底退化，后来渐渐发现，他们越来越离不开猫。

他们逗猫咪玩耍，和猫咪说话，哪怕一厢情愿得不到回应，哪怕讨好了半天，迎来的也只有猫咪冷漠又不屑的眼神。可正是这样单方面的情感输出，反倒让他们感到治愈。猫咪知道他们的所有秘密，感受得到他们的喜怒哀乐，猫咪软乎乎的身体好像能融化一切，从内心到世界，一切都变得极其温柔而美好。有多美好？大概就是越来越多的单身青年觉得，谈恋爱有什么好的，养猫就够了。

文艺青年之中的猫奴似乎又更多一些。从陆游到季羡林，从夏目漱石、村上春树到海明威、马克·吐温，爱猫的文豪数不胜数。若不是因为养猫，谁能相信写出“夜阑卧听风吹雨，铁马冰河入梦来”的陆游，在同一个风雨交加的夜晚，也写了“溪柴火软蛮毡暖，我与狸奴不出门”呢？说不准啊，养只猫还真能离灵感更近一些。

当然，猫咪不会理会人类的这些小心思。它们依旧潇洒地沉浸在自己的世界，偶发善心给予猫奴们微弱的关怀，然后在人类激动得难以自持的时候，继续酷酷地甩甩尾巴，昂首走开——又或者，像黏人的 Cookie 那样，发出清脆的呜呜声，倔强地凑上前来拱掉人类手中的手机，好像在说，别刷手机啦，陪我玩吧。

世界在那一刻又变得更好了一些。

「普通人生」

我更希望自己身处一片无垠的旷野，

风可能会从任何一个方向吹来，

路可能会向着任何一个远方延伸。

每一个微小的决定，

都可能让明天的我发生改变。

我无法用今天有限的认知去框定那个她，

直到我成为她。

奇形怪状的三十岁

01

二十九岁的最后一个夜晚是跟 K 和好友们一起度过的。

人类总喜欢设定许多时间上的里程碑，比如“三十而立”。可是，二十九岁的最后一天和三十岁的第一天，明明并不会有任何本质的不同。但人类有趣的地方在于，再明理，也依旧会落入俗套，希望通过一些仪式感来强化对特殊时点的记忆。

其实所有纪念日的本质都一样，人们总需要一些客观的存在来提醒自己，或者划分时间，或者量化记忆；又或者，给自己一个借口，鼓起勇气去做一些想做而不敢做的事，去许一些渴望又心生胆怯的愿望。

那天晚上，我们本来打算唱歌唱到零点，一起迎接我三十岁的第一秒。结果，一群人兴致高昂地唱着，却忘了精确计算时间，点歌系统在23点54分提前关闭了。朋友们心有不甘，于是强行拿起话筒对着手机，用音乐软件放起生日快乐歌，一边大声高唱，一边忍不住傻笑。

坦白说，三十岁，多少也算“老大不小”。若是一个人单独做出这个行为，看起来难免诡异又幼稚。但一群人在一起就不一样了。有了群体陪伴，我们做任何事仿佛都有了勇气。哪怕幼稚，也能一起分享并放大幼稚带来的快乐。于是，这群在此刻看起来多少有些疯疯癫癫的人，环绕着我，陪我一起敲开了三十岁的大门。

那一刻我感受到了什么呢？被爱包围。

我真切地感受到，我是被爱着的。我甚至能描绘出爱的形状，能触摸到爱的质地。爱是愿意排除万难来见我，是肆无忌惮地一起幼稚大笑，是毫无防备地向彼此袒露平时藏起来的烦恼、暴躁和脆弱。

这些好友之中，我跟认识最久的闺蜜已经有二十三年的革命友情了。在我短暂的三十年人生里，四舍五入地说，我的这些好友们陆陆续续地参与了我有记忆以来的整个人生。可能在大部分人眼中，我们的成长几乎算得上是一帆顺遂。但只有我们彼此知道，我们是如何跌跌撞撞地走到了三十岁的关口。

营销管理的理论中，有一个关于市场定位的有趣真相。通俗来讲，信息碎片储存在大脑中的无数个记忆节点之中，每个记忆节点之间产生特定关联，从而让我们对某些关键词产生联想，有了印象。而品牌营销要做的所谓市场定位，正是试图去了解顾客头脑中的记忆节点关联网络，从而精准地引导顾客对自己的品牌产生特定联想。

这不由得让我想起大多数人对于“三十岁”的联想。

在传统观念里，“三十岁”总是被贴上一些可怕的标签，尤其是对女性。“三十岁”仿佛是一个魔咒，好像过了12点，生理老化就会瞬间加速，结婚生子的迫切程度就急剧增加，事业和家庭之间就必须有一场生死决斗。但这些长久存在的刻板印象，构成的是所有人都必须遵循的生活真相，还是另一种“楚门的世界”呢？

我从来没有具体设想过三十岁的自己会是什么样。这并不是因为我恐惧这一天的到来，而是没有办法想象。比起清晰的跑道，我更希望自己身处一片无垠的旷野，风可能会从任何一个方向吹来，路可能会向着任何一个远方延伸。每一个微小的决定，都可能让明天的我发生改变。我无法用今天有限的认知去框定那个她，直到我成为她。

三十岁并不是一个可怕的数字，也不该被那些可怕的标签捆绑。可怕的从来都不是年龄本身，而是“虚度”和“变坏”的可能性。

我在二十九岁的末尾重返校园，一边工作一边读研，好像又一次主动选择了“困难模式”的生活。我的朋友们，无论婚恋状况如何，至少都在努力工作，靠自己的能力来争取一些与外界压力抗衡的底气。明天会变得更好还是更糟，我们全然无法判断。可至少我渐渐确信，“不设限”“不服输”和“顺其自然”之间，并无不可调和的矛盾。我和朋友们一路坚持的，不过是对某些既定标签保持怀疑，把对年龄的恐惧转换成好奇。

我们崇尚勇气、自由和爱，我们把自己当作实验品，试图重建年龄与人生、个体与世界的关联。

02

上一次真正意义上的换工作是在2018年，那时我不到二十七岁，从会计师事务所离职，去了一家还不错的外企。

入职那天，我早起出门，挤上人山人海的早高峰地铁，热得顾不上担心难得化一次的妆有没有花。在陌生的站点下车，稀里糊涂地走错地铁出口，终于赶在规定的时间点走进了陌生的写字楼。

即便在填了无数张表格、签了无数次名字之后，我仍然有些不真实感。同事领着我绕场一周，见了各个高管，一遍又一遍地说着“这是我们的新同事”——在一次次握手、微笑和自我介绍之后，我的内心才终于确认，新的生活就这样开始了。

从提交辞职信到离职期间，有许多事务所的小伙伴私下问我，为什么要走，工作怎么找，面试怎么表现……或迷茫，或羡慕，或困惑。也许是因为，他们看着身边跟自己一起出发的小伙伴越跑越远，心有不甘；也许是因为，现实的骨感已经彻底割裂理想的丰满。

从某天开始，我猛然发现，许多人都掉入了“因为-所以”的怪圈。工作上，“因为大家都这么做，所以我也要这么做”。学习上，“因为大家都考证，所以我也要考证”。谈恋爱，“因为大家都恋爱，所以我也要谈恋爱”。换工作，“因为大家都在找工作，所以我也要找工作”。

仿佛忽然之间，大家都悄悄地被一种莫名的焦躁情绪所绑架。就像一不小心陷入沼泽，越想脱身越挣扎，越挣扎陷得越深。

我不否认，在许多个加班的深夜，我也曾经有过狂躁不安的暴走情绪。身边的小伙伴离开后，我看着内部通信软件的联络人列表，看到那些灰暗的头像和“状态未知”的标注，想到那些再也不能打开的聊天窗口，也会被丧气的情绪压垮。

但是，在内心产生“过不下去了”的冲动的时候，始终有个问号阻拦着我。那就是，我到底想要什么样的生活？

“到底想做什么”，三十岁的我依然没有足够的自信来回答这个问题，而我也绝不是唯一。其实我们这代人中的大多数已经足够幸运，身处和平年代，即便在社会变局之中，也尚且能够维系生理上的温饱和生存问题。但我们仍旧会陷入痛苦和迷茫，坦白说，这多少也算是不知足的矫揉造作。

而我们的痛苦，更多源自于不知足和怯懦的并存。我们无法完全听凭他人安置自己的生活，也无法全然停止思考所谓的“意义”，但又不曾清晰地知道自己到底想要什么，或者即便知道心之所向，却又没有不顾一切的勇气。于是我们隔三岔五地被慌张的情绪打扰，反反复复，却依旧找不到完全见效的应对方法。

我的经历比大多数一起毕业的同龄人更折腾一些。毕业后的这些年，我几次换行又换业，在外人看来每一步都是险棋。但庆幸的是，回头看，每一步我都不后悔。不过与其说“庆幸”，不如说这种不后悔建立在一定程度的自我信任上。

人类大多如此，只要能找到一丝丝的客观原因，总是擅长找理由为自己推脱责任的。唯独在自己真正对自己的决定完全负责时，我们才能感受到命运握在自己手中的真切。我们只有把自己毫无保留地交给自己，甚至有了“错了又怎样”的洒脱，承担支离破碎的后果，才有可能做到无悔。赫尔曼·黑塞写道：“我们必须相信的那个神，是在内心的。对自己说‘不’的人，又如何对神说‘是’呢?”

对我来说，“到底想做什么”，“到底想要什么样的生活”，是一个探索的过程，而不是一个答案。就像从前考试碰到难题最常用的方法，如果不知道正确答案，那就一个一个排除，至少在一次次地体验和选择中，知道自己“不想要”什么。

工作也好，感情也罢，人生的试题总是源源不断的，坚持己心、信任自己，大概是我始终提醒自己遵守的准则。在现实生活中，从表面证据看，多数时候理智或许都能战胜情感。但是啊，在某些名词面前，心意才是背后那团不灭的火焰。比如爱，比如梦想。

某件事之所以能有“意义”，不就是因为能让我们的内心得到满足吗？

从事务所离职前，我跟当时的主管合伙人聊天。他说，现在有些人工作，就好比在健身房举哑铃，但练着练着，他们就以为自己要练的是哑铃，而忘了实际要练的是肌肉，总有一天，出了健身房才发现，别人看中的是肌肉，而自己丢了哑铃什么都没有，白练。这段话让我铭记至今。

没有人能真正预测未来，我们甚至不能保证生命的长度。我们接受自己的平凡渺小，也接受人生的忐忑无常。但在生活的重重迷雾中，我们如果能看见内心的那团火焰，积攒逆流而上的魄力，冷静地思考事物的本质，真诚地做毫不勉强自己的决定——如果能相信自己，无愧付出，就很好。

世界没有想象的那么好，也没有看起来那么糟。我们要勇敢地面对自己，静止或奔跑，都不重要。

03

三十岁的这年，我有幸参与了北京冬奥会的赛事工作。赛事结束回到上海后，我并没有非常着急找工作的打算，而是决定休息一段时间，去实践我内心想了很久的“间隔年”。

在过去的八九年里，想要暂停的念头出现过许多次，但受制于种种客观约束，我始终没有勇气，或者说没有办法说服自己理性的那一面。冬奥会的工作机会恰好出现在了一个微妙的时点，充当了我做决定的催化剂。

冬奥会工作期间，一切与我过往的日常工作和感受完全不同。对我来说，虽然工作强度带来了一定程度的身体压力，但精神上反而是愉悦的。在北京时，我内心最强烈的感受是，自由真好，以及，我或许比我以为的更热爱自由。这种自由建立在完全的身心合一与自我认同之上，与过去很长一段时间在工作中感受到的困扰形成了强烈的反差。这种感受更加坚定了我想要停下休息一段时间的决心。

过去的这些年，我总觉得自己在被推着跑，却不太确定前方究竟是不是自己想去的方向。跟我的许多同学朋友相比，我从来都不算努力型选手，要说有任何优势，大概只能算心志坚定而又恰好有完美主义倾向。我开玩笑跟朋友说，好像我就是，恰好智商还可以，恰好能力还可以，恰好工作做得还可以，于是一路误打误撞走到了现在。

但不可否认的是，在大部分人都觉得我什么都还不错的时候，我好像还是没办法忽视自己内心的那一点点不快乐。到了三十岁的这一年，我不得不承认“让自己快乐”是件非常非常重要的事，重要到，让自己觉得有必要停下来，以休息的名义思考未来。

弗吉尼亚·伍尔夫在《一个人的房间》里写过一句话：“然而正是在我们的懒散中，在我们的梦中，被淹没的真相有时会浮出水面。”① 我深以为然。停下并不意味着放弃躺倒，有时反倒是另一种形式的前进，给自己时间去呼吸去思考，至少是在对自己负责。

决定给自己放假之后，我发现过去想做却没时间做的事实在是太多了。我开始看很多书，看很多电影，花很多时间写作。我读了一遍又一遍黑塞和伍尔夫的书，也有时间开始重新读鲁迅全集和毛选。我跟有趣的朋友们一起拍 Vlog（一种视频形式）记录不同的生活，也拍了许多照片。因为疫情，旅行计划未能全部如

① 原文：Yet it is in our idleness, in our dreams, that the submerged truth sometimes comes to the top.

愿实现。但我还是去了不少地方，尽可能地见了很多想见的人。

我原本担心，工资卡不再进账之后，过不了多久我就会产生焦虑。但这种情况似乎没有出现，我反倒觉得一身轻松。或许是因为我没有其他负担，而过去几年各种意义上的积攒、不高不低的收入，让我能够在此刻有底气给自己放假，不至于担心生存问题，至少有暂时“任性”的资本。而与此同时，休假期间我所做之事带来的幸福感远比冷冰冰的数字强烈。我好像也背负着朋友们的期盼，在替他们实现某种他们自己无法实现的“自由生活”的梦。

世界太大了，常常让人觉得自己无力和渺小——但是自己可触及的世界，在某种程度上却是由自己掌握的。至少我希望，那扇大门的钥匙，永远握在自己手上。永远勇敢，永远自由，永远忠于自己。

04

三十一岁生日当天，我和K在日照旅行。一场秋雨过后气温骤降，海风肆虐，乌云低垂。原先列在生日愿望清单上的一些行程注定无法执行，但我们还是跑去海边看了礁石和灯塔。那天晚上我如愿吃到了完美的生日小蛋糕和心心念念的椒盐皮皮虾。

吃完饭走出楼的瞬间，寒风毫不留情地呼啸而来。K问我，还去海边吗？我裹紧外套，坚定地点头，去啊。最后K拖着我，逆着风，步履艰难地跑到海滩上，放冷烟花。

来日照之前 K 问我，生日当天希望怎么过。我认真地想了想说，看大海，看烟花，在海边看烟花。动漫里那种盛大的烟火大会自然是没法实现的，于是我们提前买好冷烟花棒，带到了日照。

那晚的风实在太大，为了点燃烟花棒，我们尝试了无数次。火花终于亮起的时候，我们都忍不住惊呼起来。一片黑暗中，我身后是无尽的大海，面前是燃烧的烟花，那么耀眼，那么热烈。夜间的海浪在咫尺之外朝我涌来，那个时刻我好像忽然陷入了伍尔夫在《海浪》里描写的场景，起起伏伏的浪花拍打着我的鼓膜，倾听着我的心愿——虽然在面对烟花许愿的那刻，我并没有什么太具体的期盼。

之前在广州旅行的时候，有天我跟老倪去逛东山口，天快黑了，才找到她想看的那个小展览。展览的结尾有个镜子屋，镜子上贴满了带有各种词汇的贴纸。于是我花了一点时间，从无数毫无关联的词语中，选出了一些喜欢的词，写了一首拼贴诗：

在所有的瞬间

你是自己的

日落和星河

我们所经历的每个时刻，无论苦痛或快乐，无论是在熟悉的街道还是在陌生的城市，实质上都是全新的。我们无论行走在世上的哪一处，无论在哪个瞬间，今生和此刻，都是第一次，而且仅有一次。而处于那个瞬间的你我，也是独一无二的。我无法长久地拥有天空与海洋，无法占据宇宙与山川，可是在所有的瞬间，在觉得要陷落黑暗的时候，至少我还有权利，在心里送给自己永不消失的日落霞光和熠熠闪烁的无尽星河。

我没有什么宏图大愿，能留住此刻，能记得此刻的自己，就已经很好。

被海风吹得瑟瑟发抖的时候，K 问我，开心吗？我用力点头，非常大声地喊，开心。回去的路上，我们越走越快，最后甚至莫名其妙跑起来，比谁先到酒店。在陌生的城市街道，两个三十岁的人嬉笑打闹，幼稚得像小孩，又好像回到了十年前的大学时光。

跑得累了，我们并肩慢慢走，我随口问 K，你好像还没送我生日礼物哦？K 瞪大眼睛，一脸难以置信地说，我在寒风中给你送了那么宝贵的火种欸！我大笑。

三十岁的我没有循规蹈矩地长成所谓完美的成功典范，可能有些奇形怪状，可能平和之中还带着尖锐的刺。但是好像这一切都不重要。我在三十岁的这年变成了一片海浪，一阵风，到天涯海角，看黄昏破晓。未来是什么，明天有什么，我并不知道。我在一片旷野上游荡，远方不必有既定的道路，只要有自由的方向。

循环往复的 365 天又将开启，而我站在三十一岁的门口向过去挥手道别：再见了，任性的，奇形怪状的，完美的三十岁。

甜美的反抗

01

2021 年我去贵阳出差，趁着周末坐火车去遵义看望娅姐。

到遵义的那天傍晚，娅姐开车来接我，然后毫无预兆地说要带我去一百公里外的古镇。我完全没料到，看着娅姐怀着二胎的大肚子，反复问她，你确定吗？娅姐眨巴着大眼睛，想了两秒说，现在开车过去，到那里还不到晚上七点，天还没黑呢，走起嘛！

于是我俩在街边买了两杯咖啡，坐上车，迎着即将到来的夕阳向远方出发。

我们在太阳落山前到达了古镇，在赤水河畔闻着酒香散步。我听娅姐说起她这两年的故事，吹着晚风，看天边的晚霞一点点散去，一颗心好像又被填满了一些。后来我发了条朋友圈说，“还是我娅姐，人美路子野”。

娅姐是我的大学上下铺室友、同桌，是个地地道道的四川妹子。前些年她跟先生定居遵义，我跟她难得见面，于是趁着去贵州出差的机会，特地去找她。

一个朋友在内心的分量有多重，不必多想，总有一些客观证据来告诉自己。关于娅姐，我写过太多的文字，她总是隔三岔五地出现在我的笔下。娅姐属于那种不断向我输出灵感的朋友，我喜欢她，以至于老想写点什么。

我们已经认识 13 年了，但我至今还是能想起大一报到时，第一次在宿舍见到娅姐的场景。那天她穿着淡蓝色的睡裙，一双大眼睛仿佛会说话。巧笑倩兮，美目盼兮。爱美之心人皆有之，长得美的女孩子，我自然也喜欢。

就这样，后来的四年，我跟这个四川妹子拴在了一起。

也许从表象的性格与偏好看，我们几乎属于两个不同的世界。这个美艳爽朗的川妹子爱玩爱闹，大大咧咧，却又藏着少女的细碎温柔。我则是个常年冷静、不显喜怒的理性派。总在浓烈与寡淡这两个极端的我们，却睡了四年的上下铺，做了四年的同桌，当了四年形影不离的好朋友。

我们总是一起上课一起吃饭，一起在北京严冬的狂风中，穿着夏天的睡裙、裹着羽绒服，“跋山涉水”去澡堂。我们一起在零下十摄氏度的北五环吃了一盒又一盒的“可爱多”冰激凌，一起坐着 562 路与 717 路公交车去了无数次五道口和中关村，一起在数不清的翻译、口译、论文、PPT、演讲中度过了最无忧、最自我的时光。

回忆里总有那么些场景，会在许多年之后的某一秒，毫无征兆地跳出来突袭你。我时常觉得，因为大学时光太过美好，有一部分的我永远停留在了二十岁。

我和娅姐迅速建立友情，还有一个很重要的原因。认识不久之后我们聊起音乐，发现都曾经被同一个少女摇滚歌手所吸引。那个女歌手长相甜美但特立独行，我称之为“甜美的反抗”——长着最甜美的脸，做最酷的事，做独一无二的自己。这多少也是我和娅姐对待世界的一种态度。

02

朝夕相伴的四年很快过去，毕业后我们虽然各奔东西，但从没断过联系。毕业之后我去了上海，一直定居至今。娅姐则先去了深圳，后来又回了北京，最终随她先生一起回到贵州创业。

我始终认为人生是必然要独行的。但当你知道有一些人会在另一个意义上与你同行，那种跨越时空的并肩之感，会成为你莫大的支撑。对我来说，很多时候，娅姐就是那个支撑。

我自认是个非常能折腾的人，毕业之后的职场经历堪称蜿蜒曲折。每当我产生一些自我怀疑、产生一丝犹豫和迷茫的时候，娅姐都给了我继续折腾下去的勇气和力量。这些情绪我并非总是对娅姐诉说，许多时候我们也并不清晰地知晓彼此正在经历些什么。但每次我在深夜觉得有些情绪失控的时候，我总会想到娅姐，我知道当我在走一些少有人走的路的时候，娅姐也在她选择的探险道路上摸索着前行。我知道，我不是一个人。

在毕业后的短短数年中，娅姐经历了行业转换、职业转换和人生身份的转换，在事业风生水起的时候辞职生娃，为了真正的兴趣而重新考研。她短短几年的故事，可能比有些人的大半辈子都精彩。我不惜用最夸张的词汇去形容她：有着大美人的皮囊和勇敢自由的灵魂，活在尘世，仰望星辰。

娅姐最初的兴趣其实是酒店行业，后来的确也去了最好的酒店品牌实习、工作。但是在深圳工作了两三年之后，娅姐回了北京，在体育行业从头开始。做这个决定之后，很多人不理解，问她为什么要放着稳妥的路不走，要去一个新兴行业冒险。她发了条朋友圈说："无关金钱，无关权利，无关欲望。只因为体育精神。"这句话看起来可能会被有些人扣上自恃清高的帽子，不理解的人只会更加不理解。

但至少我觉得，这样很酷。20 多岁，还没有太多可失去的，放任自己追随内心的冲动和勇气又怎样呢，谁知道未来还有没有机会。

娅姐去了北京之后，在工作和生活的各种意义上都开始了新的探险。六七年前的体育产业处于新兴发展阶段，你几乎永远都无法预测，下一个项目、下一场赛事会遇见什么突发情况。有段时间她忍不住跟我吐槽说，破事儿天天有，一天比一天多。但骂着骂着，她也经历了许多值得骄傲的时刻。她开始满世界飞，参加各种大大小小的赛事，亚运会、世锦赛、奥运会，在吐槽职场混乱的同时，也见证了体育人的艰辛和汗水、坚忍和激情、拼搏和担当。

有天娅姐跟我说，她有幸跟国际体操联合会秘书长共事，当时秘书长已经年过七旬，白发苍苍，但头脑非常灵活，每天工作十四五个小时，365 天里有 360 天都在到处飞。后来我在娅姐的身上看到了同样的激情和自律——有些经历和感受是无法用言语表达的，但它们会在一个人身上留下不可磨灭的印记，在眼神中，在心里。

后来娅姐开始创业，有时会跟我说起人情冷暖，说起选择艰难，说起理想的美好与现实的残忍。我看得见她的笑容，更看得见她的无奈。我看见她像一颗越来越亮的星，更看见了背后无数漫长的黑夜。我就这么看着她，一点一点地从当初那个有些毛毛躁躁的假小子，变成了现在优雅成熟的模样。

娅姐 25 岁生日的时候，在背上纹了一个文身——“Fortune

Favours the Bold”，意思是“天佑勇者”。我不敢替她断言什么，但在我心里，勇敢二字，她当之无愧。

某天，娅姐忽然毫无预兆地说，准备领证结婚了，准备辞职离开北京，跟先生回贵州老家。

我们这些朋友都曾经以为，结婚是件离娅姐很遥远的事，我们以为她不太可能早早安定下来。她像是一只飞鸟，或是草原上的一匹无拘无束的骏马，让人很难想象，如果把她拘束在某个世俗的生活框架里会是什么样子。

可当我当面见到她先生、看见他们的相处的那一刻，我就懂了。真正的爱情，是藏不住的。我相信他会给她爱和尊重，给她支持和力量，但绝不束缚她自由的心。娅姐曾经说，关于爱情，她很喜欢廖一梅在《柔软》里写的，“在我们的一生中，遇到爱，遇到性，都不稀罕，稀罕的是遇到了解”。她遇到了。

离开北京的时候，娅姐在机场发了条朋友圈，她说，这个城市虽有讨人厌的雾霾、妖风、可怕的交通、不快乐的多数人，但真到离开的时候，这些都不重要了。她说，用思想铸造盔甲，用能力获得尊严，用人格收获真心，用高贵抵御人世无常。谢谢北京。

从大学算起，娅姐在北京前后待了七年有余。在这座中国最重要的城市里，她见过繁华，见过黑暗，也见过中国社会之外的广阔多彩的世界。而这次，和当初离开深圳、离开酒店行业来北京一样，她依旧潇洒勇敢，毅然转身，奔向了一个全然不同的更远的远方。

03

娅姐走南闯北的这几年，我也经历了多次职业转换，工作越来越忙。我跟娅姐平时其实很少微信聊天，但是一旦聊上，就会直截了当地把心底最深处的想法抛给彼此，也并不担心对方是否能承受得住。我们之间有种默契的信任，就好像这么多年都不曾分离。

我还记得某个工作日，我差点睡过头，匆忙出门挤上地铁才有空看手机信息。忽然发现，娅姐在凌晨 00：05 给我发了一句突如其来的英文告白，“我爱你，亲爱的珊珊”。我瞬间清醒了。我那个受理性逻辑支配的大脑，甚至已经在几秒钟内开始罗列可能发生的异常事件。于是我赶紧给她回消息，问她，怎么了？结果娅姐说，今天是 5 月 20 日啊！

天知道，我先生都不曾如此“卡点”对我告白，但是娅姐总是这样热烈。

娅姐婚后不久就生了一个可爱的女儿，她和先生给女儿取了个有意思的小名，叫“大哥”。后来“大哥”的确也不负众望，长成了一个坚强倔强、颇有个性的小朋友。娅姐和她先生坚持独立带孩子，没有让长辈插手。坦白说，我很难想象，在他们生活的西南小城，她要付出多大的努力才能抵抗外界的舆论和家族长辈们的传统思想，把生活节奏完全掌控在自己手中。

在陪伴“大哥”成长的过程中，娅姐逐渐对心理学产生了兴趣，意识到孩子的心理状态可能会决定他们的一辈子怎么过，而现实是很多家长根本不会在意孩子怎么想，也不在意自己的行为会对孩子造成什么样的伤害，从而导致了孩子之后的不快乐。

于是娅姐再次做了一个大胆的决定。跟先生一起创业、独自带孩子、处理家务，这些事情已经几乎占据了她所有的时间，但她依然决定，要跨专业考心理学的研究生。她想以一个专业人士的身份去矫正孩子的心理偏差，去让更多父母更多地关注孩子的心理健康，而不是成绩。

她把考研的决定告诉我的时候，我毫不意外。事实上，她做任何看似出乎常理的决定，我都不会觉得奇怪。我知道她并非一时兴起，她也不需要旁人来告诉她前路会有多难。想好了，去做便是了。“自讨苦吃”又如何呢，至少不会后悔。

前几年我开始写一个人物故事的专题。想起“有趣的人”，我脑中的第一反应就是娅姐。于是我立马给她发微信，问她愿不愿意分享自己的故事，她二话不说就答应了。

她说：“你要求什么我都愿意。”

当时看着屏幕上她回复的这句话，我几乎鼻子一酸，仿佛瞬间回到了十几年前的北京，稚气未脱的她一把搂住我的脖子说：“有娅姐罩着你。”

我和娅姐从 18 岁一起走到了 30 岁。我一直说，我和娅姐有无数的不同，却又有某些相似的内核。娅姐说，我们都是“不羁放纵爱自由”的人，永远都在尝试和探索，顽固地尽可能活得洒脱自我。因为这些相似的内核，我们才会理解彼此做的每一个“不走寻常路”的选择，理解彼此的每一步棋行险招，才会愈发惺惺相惜。

拥有这样的朋友无疑是幸运的。我们一起爱过天高云淡的北京的深秋，但记忆中最暖的，却是一起走过的飘雪的严冬。娅姐的存在让我明白，我不是一个人在战斗，不是孤身一人在抗拒随波逐流。春来冬去，总有一个人，和我一起在坚持着“甜美的反抗”。

04

那天，我跟娅姐在古镇走了许多许多路，启程返回遵义市区时，已是深夜。

大雨滂沱的深夜，身怀六甲的娅姐单枪匹马开着车，载着我在漆黑的山间高速上飞驰。贵州山间多云雾，一下雨更是雪上加霜。偶尔手机信号开个小差，导航延迟，我们就走岔了路口。原先我俩还在战战兢兢，此刻反而完全放松了。我忍不住录了一小段行车视频，娅姐在一旁感叹，又是一个神奇的雨夜呀。

后来我们继续在高速路上艰难前行，放着我们都喜欢听的歌，雨刮器仿佛听得懂音乐，节拍配合得刚刚好。又一辆车野蛮地超过我们，溅起一阵水花，娅姐飙出四川话说："这些老兄着啥子急哦，那么大的雨还超车。"我在一旁笑。是啊，只要能到达目的地，慢慢来又有什么关系。

行车如此，生活大概也如此。无论风雨多大，我们也许还是会继续顶着最甜美的脸，做最酷的事，去做梦，去奔跑，去追寻，去爱，然后拥抱属于自己的人生——绚烂当然好，灰暗也没有关系。我们勇敢过，反抗过，就已经创造了独一无二的活过的证据。

娅姐的朋友圈封面多年都没有换过，是拳王阿里的一句话："别放弃。现在受苦，余下的人生以冠军的姿态活着。"①

① 原文：Don't quit. Suffer now and live the rest of your life as a champion.

飞

01

六月下旬，我流浪到了广州，跟老倪一起住。

我来之前，广州已经连续下了一个月的雨，但在我到了之后就开启了绵延无尽的盛夏模式。老倪开玩笑说我自带“晴天娃娃”的功效。我说，这是广州在替她表达对我的热情。

这是大学毕业之后，我们第一次这样长时间地住在一起。

盛夏的广州，天气热得让人失去灵魂，但好在每天都能看到透蓝的天空和漫画般的云朵。老倪没有飞行任务的时候，我们就出去闲逛。我们通常一觉醒来已经日上三竿，两个人慢慢吞吞地起床，吃早午餐，讨论下午的行程。我们收拾打扮完出门，多半已经到了下午三点。

老倪家住得远，开车进市区大约要一个小时。这一个小时，我们轮流放着彼此的歌单，播到经典歌曲时就一起大声合唱。老倪总让我帮她看导航，因为广州高架路上高高低低的弯弯绕绕实在太多了，一不留神就走错匝道。于是有很多次，我们在下午四点太阳逐渐西斜时，才真正开始活动。

盛夏的广州街头，我们穿吊带，吃棒冰，在马路边喝咖啡，拍很多照片。我们吃早茶，去露营，看街头少年玩滑板，到人迹罕至的小巷，看老广州残留的模样。有时我会忽然觉得，好像对时间的流逝丧失了知觉。我们在好好体验每一个当下的瞬间。

不出门的傍晚，我们会跑去楼顶的天台，看夕阳、看晚霞、吹风、唱歌、吃烧烤，直到我们的身影完全被黑夜吞灭。

晚上我跟老倪并肩躺在床上，投影仪射在对面的一整面白墙上。我们看着综艺，哈哈大笑，感慨时光飞快，同时希望这个夜晚永远不要过去。

在广州的半个月，可能是这个夏天我最快乐的一段时光。

老倪是我的大学室友，我们相识已经十三年了。

老倪第一次来我们家时，我妈非常诧异。可能在她的想象里，我口中的“老倪”应该是个特别成熟稳重的姐姐形象。那天我妈看着眼前这个身形精瘦、笑容灿烂的女孩儿，一脸不解地看了看我说，这么个小姑娘，你们干吗成天叫人家老倪啊？

其实老倪一点儿也不老，反而是我们大学宿舍里年龄最小的一个。没人记得究竟是谁最先开始叫的，久而久之，大家都习惯了这个称呼。但叫着叫着，这个姑娘在不知不觉间，从当初那个迷迷糊糊不知所措的“丑小鸭”，蜕变成了优雅自信的会“飞”的白天鹅。

02

今年是老倪飞行的第六年。

六年前的某天，老倪忽然跟我说，她要准备航空公司的面试，应聘国际航线的空乘。当时她还在海口的某个中学当英语老师。

她说，这一次，她要去追逐梦想了。

其实在这之前，我们之间从来没有讨论过她的“空乘梦”，她没有太多表露，我也从没细问。但听到这个消息的那一刻，我的第一反应就是，太好了。即便说不清到底为什么好，但我莫名觉得，这条路她会喜欢，也适合她。大概就是直觉与缘分吧。

也有那么一刹那，我想问问她，究竟为什么做了这个选择。但我立刻意识到，这个问题毫无意义。一切真正发自内心的“喜欢”，往往都是说不出个所以然的。

老倪说，小时候觉得自己长相普通，身高平平，胆子又小，从来也没有梦想过成为空乘。大学时期流行天涯社区，她偶然刷到一个帖子，是一个在卡塔尔航空工作的中国籍空乘写的，内容是飞往世界各地的旅行日志，还有在多哈的驻地生活。其中有一张照片让老倪记忆犹新。那个女生站在埃及金字塔前，齐肩短发，身着土黄色的长裙，气质大方，优雅从容。

老倪后来跟我说，当时她看到那张照片，内心好像有种兴奋和憧憬燃烧了起来——“好想成为像她一样的人”。大概就是因为那张照片，她在心底悄悄种下了“空乘梦”的种子。

用老倪自己的话说，大学时期的她是个“没什么想法的人”，后来按部就班开始实习，在外企工作，在学校当老师，和家人一起生活，日复一日安稳又平淡。

但“梦想”这件事总是玄之又玄的。

2016 年年初，老倪无意间看到一名新加坡航空空乘的微博。用老倪的话说，每次看到那个女生的笑容，就能收获好多能量。正是这“无意”的瞬间，让她开始重新正视自己内心的声音，原来心底的空乘梦一直都在，原来她还是想去看看更大的世界。

2016 年暑假，还是英语老师的老倪，踏上了航空公司的面试之路。事实证明，人的认真和努力程度的确取决于内心真实的渴望。当理想的人生有了一个具象化的寄托，全力以赴似乎就变得自然而然了。

无论哪家航空公司，对国际航线空乘人员的要求都是严苛的，应聘过程堪称过关斩将，除了常规的技能考核，还有个要求是候选人对自己要有自信。老倪说，自信来源于内心的底气，而在她准备应聘的过程中，付出的所有自发性的努力以及由此带来的自我改变，无形中形成了这种底气。其实老倪嘴上常说她很需要依靠榜样的力量，但从始至终她都明白，路终究是自己选的，还是得自己摸索着一步一步往前走。

心之所系，路之所归。几个月后，老倪如愿以偿地成了一名国际航线的空乘。

03

此前我对空乘生活的了解，除了作为旅客的观察，其余几乎都来源于 TVB 的港剧。作为一个完全的门外汉，我也曾尝试去想象空乘每天的生活。我能猜到他们工作时间的不规律、碰到无赖旅客时的艰辛，却也好奇他们是否真如电视剧里所演的一直能环球旅行。

事实上，这些永远保持微笑、妆容一丝不苟、说话温柔甜美的佳人才俊，背后的努力和付出，远比我想象的要多。

成为空乘之后，老倪彻底告别了从前朝九晚五的生活。老倪说，有飞行任务的时候，整个人都是神经紧绷的。

要做的第一件事是提前设定好闹钟，起床时间通常比航班起飞时间要早三个小时。对空乘来说，迟到是绝不允许的，因为漏飞的后果非常严重，会被直接停飞、暂缓晋级、影响收入、通报批评。飞行资料证件箱包也是必须再三确认的，缺少任何一个证件，都会导致无法飞行。到公司报到后，首先要做的是酒精测试，然后和执行这次飞行任务的乘务组开协作会——事实上，每次飞行任务都由不同的空乘人员随机排班组合，所以在上机做航前准备之前，大家要迅速建立沟通。这意味着，每一次飞行任务几乎都是一次新的磨合。

“上客，起飞，干活，落地，下客”，老倪用了非常简短的词描述整个飞行任务，旅客们看到的每一次服务，对空乘人员来说，都是一步步严谨工作的积累。

空乘是个非常锻炼情商的职业，尤其是飞国际航线。飞得多了，可能会遇见各种各样的旅客，比如第一次坐飞机、对什么都很小心的爷爷奶奶；比如把客舱弄得像幼儿园一样的游学夏令营学生；比如还在牙牙学语、笑容像天使的小宝宝。空乘在不同情境中面对不同旅客，常规工作也可能会演变成对情商的考验。

即便是在飞机出行越来越普遍的今日，仍然有少数人会戴着有色眼镜看待空乘，贴上一些充满偏见的标签，比如“花瓶”“男女关系混乱”。用老倪的话说，这些都属于历史遗留问题，过去这个行业太过神秘，任何事情都会被夸张放大。但每个行业都有乱象，用封闭的偏见不加思考地去衡量或评价他人，反而会暴露自己的无知。

实际上，比起服务，保障安全才是空乘最重要的责任。空乘培训时，航班上可能遇到的各种突发事件，以及如何处理这些特情，占据了培训的大部分内容。教员一直跟空乘们强调的是，作为空乘，保障旅客安全永远是第一要务。每次飞行前，老倪一遍又一遍地在内心默念紧急情况的操作流程，但同时也祈祷永远都不要实践其中任何一条。

老倪曾经经历过一次机上急救。

在从荷兰阿姆斯特丹飞往广州的航班上，一位中年男士忽然呼吸困难，挣扎着走到服务台向空乘人员求救，他看起来随时都可能昏倒。那是老倪第一次亲身经历这种紧急情况，只能尽力让自己冷静下来，按照程序报告处置记录，通过机上广播寻找医生。万幸的是，那天的航班上刚好有两名旅客是医生。吸氧休息后，那位旅客的情况终于有所好转。

后来老倪才知道，那位旅客身患肺积水，是飞回国内治病的。很久之后老倪回忆起当时的情景，还有些胆战心惊。老倪说，“幸好”是世上最安慰人心的一个词，但如果没有乘务组的努力，这些“幸好”也不会发生。这些养眼的年轻人并不是只会微笑的花瓶。

作为国际航线的空乘，虽然能环球飞行开阔眼界，却也不得不面对许多实际问题。作息时间不规律、工作压力大、圈子小、晋升空间窄……这些职场困扰像一块块拴线的巨石，牢牢地牵住空中的他们。熬夜、倒时差是常有的事，没有排班的休息时间，很可能也要参加各种培训和讲评会。由于作息跟常规工作不同，无法享受固定的周末和节假日，老倪很难和行业外的朋友发生交集。

我问老倪，会偶尔觉得孤独吗？老倪说，过年回不了家时，想到所有人都在阖家团圆，就算是再不恋家的人，也会感到孤独吧。

04

有个空乘好友的好处是，我时常能在朋友圈感受世界各地的生活气息。

老倪刚开始环球飞行的那几年，也是我最忙碌的几年。对我来说，她拍摄的那些照片就像是从世界各个角落寄出的明信片，用无数不经意的美好诉说着世界的可爱。她对生活的记录，也偶尔成了将我从压抑的现实生活中解救出来的氧气。

疫情之后，航空业受到重创，国际航线的飞行大幅减少，大批空乘被安排改飞国内航线，老倪也不例外。虽然飞行任务总量减少导致了收入下降，但老倪也因此多了些休息的时间。

在我从前的记忆中，老倪并不算是喜欢独处的性格。但独居异乡多年，她已经渐渐习惯一个人消磨时光。由于同行朋友们的排班各不相同，很难凑到重合的休息期，老倪不得不锻炼独处的能力，让自己一个人也可以过得很安逸。现在的她早已习惯了一个人做饭，一个人看电影，一个人闲逛。如果能约到朋友，就一起去找好吃的，聊聊天，比比看谁的负能量更多，然后在一片嬉笑怒骂中满血复活。

我们都一样，生活无穷的变化像汹涌的云团，推着我们飘往未知的远方。在所有的不确定中，唯有取悦自己、相信自己，才能长出可以倚靠的坚实的翅膀。

跟老倪同住的这段时间，除了到处闲逛，我们还吃了许多顿夜宵。

老倪家小区门口有很多夜市小摊，烧烤、小龙虾、炒饭、手打柠檬茶，一应俱全。其中有一个烧烤摊，被老倪誉为胃和精神的双重支柱。老倪说，在国外飞久了，就只想念家门口的这个味道，每次飞行回来必须要吃一顿烧烤，才有安定的感觉。

我第一次跟着老倪去小区门口“扫货”的时候，激动之情溢于言表。我在上海已经很久没有见过这样的夜市了。

我记得刚到上海工作的那两年，深夜加班回家时，还能在路边买到夜宵，有时候这些小吃甚至能成为加班的动力。后来流动摊位被取缔，回家路上再也看不见那份烟火气了。其实很多时候我并不是真的有多饿，只是想要看见他们的存在。那些简陋摊位上的黑暗料理是真实生活的证明，比陆家嘴写字楼的明亮灯火更有温度。

有天深夜，我们又买了烧烤回家。老倪啃着烤串儿，说起对未来的迷茫。飞了几年，她已经晋升为乘务长了，可她也知道，自己不可能飞一辈子。但出路究竟在哪里呢？她暂时没有答案，只能在一次又一次的自省中慢慢思考，小心试探。

三年前我曾经问她，对现在的生活状态满意吗？当时的我以为，这应该只是个走过场的问题。老倪满世界飞，虽然辛苦却也快乐，因此我当时觉得一定会得到一个“满意”的回答。谁知她回答我，不算满意。我以为这种不满意是来自对未来职业发展的困扰，但老倪坦率的回答却是——“因为一把年纪了还是单身”。三年过去，即将三十岁的老倪依旧单身。确实，主动的努力能换取工作成就，却无法换取爱情。这道难题至今无解。

那天吃完夜宵，我们收拾完，躺在床上挑选白天拍摄的照片。刚才聊的那些略显沉重的话题早已翻篇，在蝉鸣不止的夏夜，比起陷入对未来无解的忧虑，我们选择回味即将逝去的美好的今天。

老倪前几年去巴黎时，曾经拍过一张照片，我非常喜欢。她坐在桥上，高高扬起手臂，身后不远处是埃菲尔铁塔；蓝天之下，她沐浴着阳光，拥抱一切。

未知和变化总是无尽而虚幻的，但当下的瞬间却真实可触，就像晒在她身上的那束阳光，温暖而永恒。

那个瞬间，她在飞。

叫作“青春”的鬼

01

早晨醒来，空气冰凉，仿佛一夜入秋。阳台门虚掩，楼下马路不知为何不如往日嘈杂，隐约却能听见风吹衣架发出细微的摇摆声。一切都掩上了一层清冷的气息。

下雨了。

几年前的这个时候，我陪 K 去大学考试。毕业已经几年了，仗着长了一张娃娃脸，我还是毫无障碍地顺利伪装成了大一新生，混进自习教室，在靠窗的位置坐下。“残云收夏暑，新雨带秋岚”，雨后初晴时，秋意从玻璃窗上残留的雨滴透进来。远空清澈，年轻的学生们从青黄相接的树下走过，只有飘在校园上空的几缕闲云始终留在原地，仿佛将时间暂停，静止在了这一刻。

无论恨过多少遍雨水飞溅的马路，在某些瞬间，我仍然忍不住爱雨天。比如，夏夜听雨入眠，秋晨听雨别梦。比如，倚在窗台听雨放空时，好像能够贪婪地享受无尽的自由。比如，很久很久之前的某个深夜，第一次在电台听到《下雨天》的时候，雨丝和清亮的女声一起入耳，那瞬间的触动永久地和雨夜绑在了一起。

在这样的雨天，新新旧旧的歌混杂在一起出现在耳边，于是我觉得什么也不想做，只想“想”。

想起大学时北京清冷的秋雨，我每次看见那一地金黄的银杏叶，心里都会顿一下。彼时湿漉的地面总有一种冰凉的静默，即便只是远远地看着，清亮的水珠却仿佛能蔓延至全身。雨后走出宿舍楼时，冷冷的空气扑面而来，质感重得像南方。我瞬间竟然有那么一丝错觉，抑或是记忆的碎片飞速闪过，脑中不自觉地总会响起那首《南方》：

我住在北方

难得这些天许多雨水

夜晚听见窗外的雨声

让我想起了南方

我想起若干个跟 K 或者异地闺蜜们长谈的雨夜。多数时候我们都不在彼此身边，电波在雨夜穿越千山万水，承载着千言万语，或悲或喜，或哭或笑。我记得那个一月的雨夜，她卸下所有伪装，在电话那头肆意哭泣。我记得那个盛夏的雨夜，我顶着一头湿漉漉的头发盘坐在商铺，电话那头的她在南方海边，兴奋地讲着八卦开怀大笑。我也记得那个初冬的雨夜，开着暖气的宿舍里，我穿着短睡裙裹着外套，趴在窗边努力寻找信号，听着 1300 公里之外的 K 在南方寒气刺骨的阳台断断续续地说着一天的琐事。

我说，欸，我这里下雨了，你那里呢？

02

人类也许永远都无法琢磨透情感的逻辑，永远都无法掌控记忆的开关。你无法预判在哪个瞬间会突然被哪个片段击中，继而陷入感怀。或许这一切就是没有道理的。就比如，工作多年之后，已经可以坦然面对生活的残酷真相的我们，却依旧会偶尔怀念像杂草般野蛮生长的少年时代。

离开家上大学之前，我挑选了从小到大的各种照片，存进 MP4 里带走。高中毕业好像是对一个时期的彻底告别。告别的时候决绝却又不舍，扔掉一切、切断一切的那刻，我被巨大的轻松感包围，却无可避免地在之后的某个瞬间回忆起已经消失的旧时光。

蓝色的 MP4 里装满了那时的教室和实验室，那时的宿舍和操场，那时的我，那时的他们。许多年之后再回想起中学生活，除了一沓又一沓的试卷、一节又一节的数理化，我清楚地记得的，都是些无关痛痒却无可取代的细节。

女生的形影不离，男生的吵闹顽皮。能晒太阳的高一走廊，离食堂最近的高三教学楼。清晨朦胧的跑道，夕阳晕染的球场。还有那些写过的纸条，听过的八卦，收过的情书，开过的玩笑。很久以后，我听着那时的歌，那些出现在青春里的名字依旧会像 MV 画面一样在脑中回放。

无论文学还是影视，校园题材始终是永恒的热点。这不无道理，毕竟在大多数人心中，都藏着那只叫作“青春”的鬼。

我最近一次看青春电影的经历，还要回溯到几年前的《我的少女时代》。我和闺蜜约好一起看电影，谁知那天两人下班都比预期晚，只好分别从上海的两端往市中心赶。在地铁站换乘的时候，我几乎全程以 100 米短跑的速度穿来穿去。我们好不容易赶到商场，匆匆忙忙各自分头买食物，然后着急火燎地从地下 2 层冲上 6 楼，勉强算是没错过太多情节。大屏幕上，“校草”欧阳非凡和“校霸”徐太宇陆续登场，周围开始响起了少女们的花痴惊叹，空气中仿佛飘起了无数粉红泡泡。而此时此刻，依旧气喘吁吁的我俩却在黑暗中摸索，专注于寻找“失踪”了的蛋挞……

那年有许多人说，《我的少女时代》的代入感特别强，就像是“每一个平凡的少女”的青春。可是坦白说，林真心的少女时代好像与我们的少女时代完全不同。在我十几岁的少女时代，没有校草“欧阳非凡”，也没有校霸“徐太宇”。我的少女时代，是重点高中的住校时光，是晨跑早读上课下课，是自习课的小纸条，是躲在被窝里轻声细语的寝室夜谈。

没有男主角的少女时代，或许才是许多女生真正的少女时代吧。我们更珍惜彼此，闺蜜才是彼此的主角。我们一起经历一切，微笑或哭泣，无论走得多远，也没有忘记彼此始终守护在原地。多年以后，我依然记得她们当年喜欢的男生，记得她们当年做过的梦，记得一起写过的歌，记得所有彼此陪伴的时刻。

电影散场的时候，周围的女生大多沉浸在对徐太宇的痴迷中，而我们俩在默默吐槽一些电影设定的同时，更念念不忘的还是那个掉进座椅缝隙的没吃到的蛋挞。好可惜。

闺蜜说：“我觉得电影的少女时代还是美好太多了，我们的少女时代更多的还是《黄冈兵法》《五年高考三年模拟》……”

确实。

后来许多次，一旦有某个契机，两人都容易特别认真地陷入回忆。高中毕业已经太多年了，可是明明一切都还像是昨天。她说她越来越犯懒，我说我越来越健忘。于是我又想起李大仁在程又青生日时写的话，说初老的五十条症状的第一条，就是越久远的事情记得越清楚，越近的事情越记不清。

看电影的那年，我们已经 25 岁，回忆起 17 岁的我们，彼此也开起了“老了”的玩笑。可是 25 岁的我们，看着电影中 17 岁的他们，还是会莫名的感动，心里那些睡着了的从前，仿佛又醒了过来。

青春年少时光的魅力就在于，无论你我的青春有多么不同，总有那么一些共通的情节，让你想起自己。纵使青春有千万种，回忆起来却总有些相似的气息。

03

对我来说，大学记忆的气息总跟食物有关。食物总与人有关，人成为情感的载体，而情感让记忆存续，无限循环。

2009 年 11 月 1 日，北京的第一场雪来得异常的早。

那会儿我刚上大一，宿舍里除了一个北京姑娘，余下五个全是南方姑娘。开学一个月，在经历了严格的军训之后，由于每天的能量消耗巨大，南方姑娘们吃了太多面食，导致体重集体攀上巅峰。我们刚刚亲历了 60 周年国庆盛典，开始熟悉学校到“宇宙中心”五道口和西单的最佳路线……一晃眼，10 月已过，而北京夏天的余热似乎仍在徘徊。

11 月的第一天，大雪忽然从天而降的时候，校园内外充满了尖叫声。现在我还清晰地记得那个周日。我们在温暖的宿舍里，忽然看见窗外漫天飘雪，地面慢慢被染成白色，积雪迅速堆积，校园渐渐银装素裹。我和室友拿着相机，胡乱抓了把伞就冲了出去。

室外温度骤降，零下几摄氏度的风雪中，我跟室友说说笑笑，拍了无数照片，惊叹于校园中春夏秋冬混搭的美景。雪下得太突然，我们都还没做好换装的准备。我只匆忙穿了一条单裤和一件长袖衫，随便裹了一件呢子大衣，竟在下雪的校园里闲逛了一个多小时而丝毫不觉得冷。

后来我们走出校门，去街边的小店觅食。

麻辣烫、巫山烤鱼——我猜许多人的大学记忆里都有这两个关键词。无论天南地北，大学记忆中或许也都有这样的小店：门面不大，却始终坐得满满当当；老板笑脸相迎，仿佛跟大多数来客都是熟识；坐着等饭的时候“不小心”地听着前后左右桌的八卦闲谈，有时也暗自推测讨论邻桌来自哪个系哪个年级。

在雪地里走了许久，脸颊被寒风吹得泛红，我举着相机的手已经有些僵硬。这时坐进暖和的小店，躲在角落，跟室友一人吃一大碗麻辣烫。热腾腾的高汤，咬一口就要涌出来的包心鱼丸，莫名变得格外好吃的泡面，土豆片、藕片、金针菇……食物触碰舌尖滑入食道，温暖了胃，也点亮了时间。

“老板，多放点藕片！”

“老板有细粉吗，要细粉噢！”

“老板，再加一份笋尖！”

…………

那个时刻，在刚刚好的时间，跟对味又“对胃”的人，吃着一碗热腾腾辣乎乎的麻辣烫，尽情地说尽情地笑，聊学校聊八卦聊书聊音乐，是多么快乐。18 岁的那一刻，没有什么话题是沉重的，世界就像那场初雪一样明亮而美好。许多年后的 11 月，我和室友相聚在另一座城市一起吃饭，年近 30 岁的我们早已懂得保暖比赏雪更重要。可是回想起大一的那场初雪、那顿麻辣烫，我们依旧能想起当初真实的快乐。那样的一顿饭、那样的一小时，就是我们能够具象化的最有实感的幸福。

后来我和室友们吃过许多次麻辣烫，还有螺蛳粉、小南门的凉菜和鸡蛋灌饼、食堂小炒和麻辣香锅……无论是两个人的抱团，还是五六个人的团聚，每次记忆都美好得像麻辣烫的汤汁。

而此后许久，我和不同的人一起，坐在精致的餐厅里吃着饕餮大餐，却总觉得少了点什么。毕业之后我跟室友再聚餐，席间的话题也越发沉重，忽然，大家都有些怀念当初的那碗麻辣烫。

那碗麻辣烫，那碗汤汁，其精髓是青春的肆意无畏，是许多许多的友谊与爱，是满勺满勺的热情与勇气。是对生活、对未来、对所有大大小小的问号的坦荡——享受此刻胃的温暖，享受彼此的陪伴，就算下一刻风雪再大又怎样，路再长又怎样，先干了这碗麻辣烫。

04

“失去”麻辣烫的失落感再次出现，是在2016年某档谈话综艺停播的时候。

节目最初开播的时候是2004年，那时我还在念初中，这么一算真是年代久远。跟朋友断断续续地看着节目，不知不觉就到了上大学的年纪。大学时，这档谈话综艺节目成了大家必备的“下饭神器”。

那时的六人间是上下铺，每人床上都连着书架，自己再搭个活动的小桌板，拉上床帘，一天到晚都能在自己的小天地里度过。当年学校有个强大的视频内网，因为网管小哥更新速度极快，我们常常戏称他为盗版事业做出了卓越贡献。

每到饭点，我们都会不约而同地选择打开这档节目，于是不同的床帘里常常传出不同步的节目声音，以及此起彼伏的大笑声。40多分钟的节目，吃个饭，消化一会儿，刚刚好。甚至可以毫不夸张地说，看节目时必定有食物相伴。也许是食堂小炒，是一人份的麻辣香锅，是桂林米粉，是食堂二楼排队排翻天的鸡腿套餐；也许是烤面筋，是鸡蛋灌饼，是小南门的凉菜，是一去不复返的“六六寿司”；又或许，是地下超市按季节限时供应的绿豆冰沙，是一包又一包原味的乐事薯片，是冬天 2 元一大串的哈密瓜。

吃着吃着，四年也就过去了。看着看着，这档节目和那些年的欢声笑语，就结束了。

大学毕业后的几年，我很少再看这档综艺节目。也许是因为节目质量早已不复当年，也许是因为自己变得挑剔，又或者，是已经没了当年无虑无忧的心情。但无论如何，这个节目都承载了我的回忆。

节目停播的时候，我看到有个朋友说，看节目的大结局，以为自己不会哭，却一个人在家哭得不能自已。她说，这档节目除了喧哗琐碎之外，至少也给了一些“新鲜、自由、炽热甚至诡异的人生观和人间真相”。另一个朋友回复她说，大家哭，应该也是在哭“既然青春留不住”。

是啊，青春留不住。

此后的很长时间，周末窝在家里吃饭时，我们都找不到那个“对”的下饭节目。可是好在，那些当初一起看综艺节目的人，一起笑一起八卦的人，一起为奇怪的笑点吐槽的人，依然还在。既然青春留不住，那就珍惜眼下吧。

躺在床上，隔着窗帘又隐约听见雨声。我伸手摸到手机，看见闺蜜发的微信，是条音乐链接：《下雨天》。

下雨了。

起床推开阳台的门，深呼吸。雨水洗过的空气还是印象中的微凉。雨天的空气很有质感，潮湿而冰凉，有摸得到的存在感。就像……

就像记忆一样。

初夏，等一个人

初夏的午后，我走进一家闹中取静的沿街小铺，在窗边坐下，等待许久未见的发小前来赴约。

我喜欢临窗的座位，面向街边坐在窗前，我在这边，世界在那边。眼前是热闹人间，行人熙熙攘攘，喜怒悲欢像电影画面无声掠过。忽然间，初夏的微风吹起白色纱帘，窗边的小雏菊轻轻摇动，阳光穿透花瓣，在桌面投下一片朦胧的暗影，也在我的心湖吹起一阵涟漪。

我总在毫无防备的时刻被无序的记忆突袭。窗外的碧空浮云和渐起的蝉鸣，像极了十几岁时教室外的风景。而我此刻等待着陪伴彼此走过青春年少的挚友，忽然觉得溜走的时光又在此刻重现。

前两天我听到一首英文歌，歌里有句歌词大意是，“我会坐在副驾驶为你保驾护航，迎着骄阳，仿佛自己是个大人物”。[①] 这首歌的评论区里有一条留言，一个高一的男生说，他们整个寝室七个人，齐刷刷地站在阳台上唱这首英文歌，路过的学生和宿管大爷一起站在楼下欢呼鼓掌。看见这条留言时，我眼前瞬间出现了生动的画面，少年们意气风发，热烈真挚，青春的快乐和苦恼都像这初夏一般纯粹。那些记忆，平淡细碎或青春满溢，都刻在我的心间，终有一天会成为最温柔的宝藏。

我一直觉得，一起经历过少年时代的那份情谊是无可取代的。我与发小自幼相识，见证过彼此意气风发的高光时刻，也知晓彼此在四下无人时偷偷流过的泪。少年时代的心情起伏，藏在心里不能言说的秘密，旁人不知，我们只说与彼此。我们曾经短暂地形影不离，也长久地天各一方，但无论分隔多久，我们依然占据对方心里重要的位置，仿佛从未分开过。

女孩之间的情谊很奇妙，说不清是从哪个瞬间开始的，但一旦打开心扉就会一直陪伴。这种陪伴，是上学时手挽手穿过走廊去打水，也是长大后隔着屏幕向对方倾诉；是甜腻地凑在一起聊天，更是在脆弱迷茫时坚定地站在彼此身后，做彼此最坚强的支柱。女孩之间的情谊温柔而强大，哪怕彼此无法完美地分担各自的悲愁，却依然能倾诉与倾听，坚定地并肩。

---

① 来自歌手 Geroge Ezra 的歌曲 *Shotgun*，歌词原文：I'll be riding shotgun underneath the hot sun feeling like I'm someone.

要与重要的人相见，等待的时光也不算浪费。静坐窗前时，我忽然很想将此刻流动的情绪融进笔墨。我已经记不起上一次写信是什么时候，甚至很久不曾提笔写字，但每每想起，还是会怀念写字的心情。于我而言，亲笔写下的文字，记录的是此时此刻无法更改、无法掩饰的内心。每张纸片都有真切的温度，逐字逐句，字迹深浅，行文缓急，全都是赤裸裸的内心写照，最真实也最可贵。年少时我也曾将喜怒哀乐落在纸上，跟发小传过的小纸条，写过的明信片，都刻下了青春的记号，那是无可替代的我们的专属记忆。

又一阵风拂过，窗外树影摇晃。街角出现发小熟悉的身影，在初夏的阳光里雀跃地向我走来。我有些恍惚，这一幕与若干年前的记忆重叠在一起，仿佛能听见十几岁的我们围在一起说笑的声音。这样的时刻，我总想将它们偷偷收藏，折成小星星放进胸前的口袋，藏在贴近心脏的位置，听它们扑通扑通地跳动，永不停歇。

想见你

大学好友 C 来上海出差，工作日彼此都很忙，但我们还是抽出时间吃了顿午餐。她长居北京，我长居上海，毕业这么多年，我们坚持每年见一次，戏称为“鹊桥相会”。但和牛郎织女相比，我们见面的时间不确定，地点不确定，每次见面的时长也不确定。我开玩笑说，我俩比牛郎织女更悲惨，但也更深情。

或早或晚，多数人都会在某个瞬间忽然感叹，人海茫茫，想要不走散，实在是太难了。

从大学毕业的那刻开始，我忽然意识到“好好告别”有多么重要。本身就来自五湖四海的同学们在一起就不容易，在大学毕业那刻却各奔东西。虽然托即时通信软件的福，许多人依然存在于彼此的联络人列表里，但时间会告诉我们，那些名字的存在，并不意味着关系的存续。说着“再见”的时候，许多人并没有意识到，“再次见面”的实现，需要双方付出持久的情感和信念。

告别的时候，人们总觉得再见很容易。然后在接下来的很长时间里，残酷的现实不断告诉我们，许多时候生活并不由我们掌控，你永远不知道，这次告别会不会就是最后一次。有些人，一次挥手就是永别，有些话，一次没说就只能永远遗憾。

于是，分别时人们依旧说着“下次再见”，但许多时候彼此心知肚明，谁都不知道“下次”还会不会发生。发达的交通网络并不能为我们相聚提供任何保证，哪怕同城的朋友想要凑上时间见一面，也得克服艰难险阻。直到某一刻，人们忽然发现从前的朋友已走远，面对内心隐隐发作的遗憾和不甘，除了接受也别无他法。

不过也许正因如此，我们彼此共同拥有的那些回忆反倒更加闪烁，时忆时新。就仿佛，只要还记得，就会一直拥有——哪怕人们知道，有时这只不过是一场自我欺骗。

年复一年，仍然留在好友名单上的那些名字变得愈发珍贵。我开始珍惜每一次和难得见面的朋友的相聚，开始珍惜每一次告别。哪怕是同城好友，互相道别时的那一句“到家给我发微信”，也不再是随口一说，因为我们认真地把彼此放在心上，期待下次见面。

后来有几次看见飞机出事的新闻，在心痛之余，我的反应是后怕又庆幸。后怕是因为，在过去的许多年里我常年飞行；庆幸是因为，在每一次分别的时候，我都跟在意的人好好告别了。这意思是，哪怕我突然消失，也不会留下未解的死结和没说出口的遗憾。

打开手机相册，我和朋友们的合影定位遍布全国。大学毕业之后朋友们散落天涯，这些年借着出差的机会，大家总是想方设法地见上一面。能在彼此定居的城市见面当然是最方便的，如果没有条件，那就创造条件，于是我便拥有了许多感动的回忆。出差到贵阳时，娅姐从遵义坐火车来见我，吃了一顿晚餐又连夜乘火车回去；出差到广州的最后一天，老倪坐了两个小时的车赶到机场，只为赶在我登机之前与我见上一面，哪怕只有半个小时。

在这些短暂的约会中，我们并没有做什么惊天动地的大事，也未必会聊多么深刻的话题。也许有人会质疑，这样不惜成本的约会真的有意义吗？不过是见一面而已。可对我们来说，见一面，就足够了。哪怕下一秒要分离，哪怕马上要从这短暂的欢愉回到各自的现实烦恼中去，我们都毫不在意。这一刻，“想见你”的心意胜过一切。我们闲聊，呆坐，听同一首歌，靠在一起傻笑，过去和现在毫无障碍地交融在一起，就像我们从未分开过。

这些看起来细碎得微不足道的片刻，却总能让我获得全身心的放松和愉悦。所谓好友不就是这样吗？哪怕我们走在不同的路上，通往不同的方向，却总能以各种方式给予彼此力量。在太容易失散的人海，渐行渐远才是常态。而真正的好友总是怀着“想见你”的心，幼稚而倔强地抵抗外界阻力，无论地理距离多远，始终停留在你心里触手可及的位置。

那天吃完饭，我和 C 并肩走在深秋的街头。十一月的上海，梧桐叶满地，天高云淡，身旁偶尔有单车掠过，地上的秋叶被车轮一压，沙沙作响。C 忽然说，真好啊。我也笑了，重复道，真好啊。没有前言后语，但我们都知道对方在说些什么。

这个好像什么都没做的时刻，连同深秋恬淡的气息一起，被收藏进了我的记忆里。我怀揣着这一刻，像拥着一颗闪闪发光的明珠，期待着明年我们某时某刻的下一次见面。

宇宙间秘密有很多

我非常迷恋宇宙和星空。有段时间书架上添置了一系列黑色封皮的科普读物，我一度怀疑，如果这些书早十几年出版，如果我在高中读到它们，作为理科生的我会不会对物理更感兴趣，后来会不会走不一样的路。

我收藏在歌单里的许多歌曲也与宇宙有关。晚上写作的时候，耳机里反复循环的歌曲，从节奏旋律到歌词，都离不开夜晚和星空。仿佛多循环几次，我就能脱离烦恼，去光年之外的宇宙翱翔。甚至偶尔失眠时，我闭上眼会幻想自己失重，飘浮在无边的宇宙。

就算不是出于诗意的幻想，宇宙间客观存在的秘密也实在太吸引人。比如，宇宙间存在最多的尚未可知的暗物质；比如，宇宙在持续膨胀，而越靠近边缘远离的速度也越快。如果我们敢于大胆假设，很难不对黑洞、暗物质、宇宙膨胀、星球诞生和毁灭产生遐想。更放肆一点，我们甚至可以在脑中排演在各种理论下、在多重宇宙中自己的前世今生。

孤独又绚烂，黑暗又璀璨。大概这就是未知事物的特质，让人莫名心生向往。

未知总是让人战战兢兢又充满期待，如同世间所有虚幻的美好词汇一样。比如自我，比如爱情，比如自由，比如快乐。这些看似简单的名词，却往往是最难被准确定义的。

美国天体物理学家尼尔·德格拉斯·泰森在《给忙碌者的天体物理学》里写道："宇宙没有义务让你理解。"

而我觉得，人生也一样，人也一样。

强求他人来帮自己解答人生困惑，或者企图让他人替自己来整理生活的一团乱麻，其实并不公平。进入自己的内心宇宙，就已经够难了。企图达到所有人的希望，迎合所有人的偏好，本来就是个永远都不可能成立的伪命题。

厘清了这个逻辑，也就不必太过在意旁人有意或无心的评头论足。我时常刻意远离那些可以用物质的丰厚来衡量的所谓捷径，转而做一些也许看起来没什么意义，甚至"浪费人生"的琐事。

读研的时候，在众多的商科学生中，有时我觉得自己格格不入。周围有太多优秀的同学，有太多让我钦佩的同龄人，他们好像有无穷的精力，在无数专业课、专题讲座和社交活动中游刃有余。相比他们的二倍速人生，我好像慢了一些，甚至在选课的时候也没有过多职业上的考虑，全凭自己的喜好。我像是一个在奔跑的人群中突兀地慢走的人，显得疏离又危险。但尝试坚持了一阵之后，我似乎与周遭环境达成了动态平衡，按照自己的节奏汲取所需的养分，好像也并没有那么难。偶尔我会想起《死亡诗社》里基廷老师让学生们在庭院里走路的场景，找到自己的步调，坚持自己的特别，虽然困难，却有必要。

在人生这个孤立体系里，索性就好好遵守能量守恒定律。与其把有限的能量浪费在那些终将消失的外在声音上，不如多留一点给自己。毕竟，这一切，只是我的人生而已。

《给忙碌者的天体物理学》里还提到一个众所周知的简单事实，朴素但充满诗意：

在茫茫宇宙中，人类很渺小，只是生存在地球上无数物种的其中之一；我们生存的星球不过是宇宙中的一粒尘埃；整个宇宙有数百亿个星系，银河系只是其中之一，我们的地球所围绕运行的太阳，也只是银河系边缘一颗再普通不过的恒星……但是，在宇宙140亿年的演化中，我们却成为被无数不可能包围着的小小幸运。

存在本身，已是幸运。在人生这个充满了不确定的宇宙中，任何不可言状但切身体验过的情绪，任何曾经或正在让自己感到开心和幸福的小事，不管怎么看，都算是一个又一个的小幸运。

至于剩下的未知秘密，我们主动发现或被动遇见，总有一天会有答案吧。

我不摘月亮

秋冬之后入夜很早，我开始在回家的路上看月亮。

下班时天色已晚，市中心灯火辉煌，抬头是看不见星光和月色的。随着人潮挤上回家的地铁，车厢里人们摩肩接踵，空气流通不畅。不过，虽然身体体验非常糟糕，我的内心却是雀跃的。我习惯戴上耳机听歌，若有余地舒展身体，从包里掏出一本书，那最好不过。此刻的地铁，通往的是自由的夜晚。

下了地铁出站，冷风扑面而来，将昏沉一扫而光。路灯昏黄，我抬头，循着隐隐的月光寻找那轮皎洁的月亮。

有首歌叫作《月亮不会奔你而来》，开头第一句唱："我不摘月亮，我要它永远高悬天上，皎洁流芳。"这首歌原先讲述的是粉丝和偶像的关系，但我觉得月亮这个意象，以及月亮和望月的人的关系，完全有更广阔的适用范围。

月亮自古以来都是寄托情思的意象。年少不识愁滋味，越长大越成熟，才愈发觉得那轮高悬的明月藏着太多秘密。也许是异乡游子的思乡之苦，也许是无处诉说的烦闷苦痛，也许是对遥远爱恋的默默守候，以及说不出口的浪漫心事。

月亮遥不可及，却又近在咫尺。纵然有时浮云蔽月，但我知道，月亮一直都在。黑夜里，月亮，或者月亮这一意象背后的力量，成了我们的一种支撑。它可能是我们爱了很久的某个人、期盼很久的某件事，也可能是拼命努力想要到达的未来。月亮不会说话，却听得懂所有暗涌的情愫。

我有个朋友，总是活在紧绷的状态下，我甚至都不想再对她说“加油”，而希望她能偶尔放纵自己，或者说，放过自己。后来她有了喜欢的事物，也有了喜欢的明星，开始毫不掩饰地表达作为大龄粉丝的爱意和快乐。刚开始我有些诧异，但转念一想，那些寄托了爱意的人和事，对她而言，不就是那一轮高悬天边的月亮吗？当她在现实生活中承受了太多忙碌和痛苦时，是必须有一个精神支点的。那个旁人或许不太理解的支点，对她来说是照亮一片黑暗的光。

我们并不能期待将这个支点完全建立在亲近之人身上，也无法将亲密关系变成永恒不变的那一轮月亮。

虽然这样说显得无情无义，但我从来不觉得，人类社会的父母对孩子的爱是“无条件的”“不求回报的”。父母之爱的条件是情感的回馈，情感回馈的载体可以是有形的物质，也可以是无形的爱的表达。但无论如何，这种情感充满了责任与义务，绝非“无条件”，否则也不会有“不孝”一说。

无论是亲情、爱情还是友情，在双向付出，或者至少期待有双向反馈的亲密关系中，爱的存在反而同步伴随着或多或少对失去的恐惧和介意。越真实的爱越能放大负面的共情或冲突，于是我们开始害怕字句的分量，害怕倾诉的重量会对所爱之人产生伤害，又害怕得不到认同和支持，反而将自己摔得更碎。

爱常常是束缚，尽管我们不愿意承认。

相反，喜欢一个遥不可及的人，喜欢一件触不可及的事物，明知他们不会与自己实际的生活产生任何实质的交集，却愿意单方面投入，单方面获得情绪的起伏——这种情感才更像是“无条件的爱”。从这个意义上讲，沉默的暗恋、陌生人的偶遇、某种持久的爱好，甚至单纯追星，反倒更符合“无条件”。只付出，不索取，喜怒哀乐都只是自己的事。何时进，何时退，开关始终拽在自己的手里。

当然也可以说，这种单向的爱也是我们对自己的束缚。如果爱也是一种力，单向的爱就是爱人者对自己的作用。从牛顿第三定律的角度，既然力的作用是相互的，那么爱人者施加在自己内心的情感无论产生了快乐还是痛苦，都须由自己承受。愿者上钩，万事如此。

我的朋友，因为有了那轮月亮，而拥有了许多未曾预想过的精彩和快乐，生活好像变得更有趣了一些。她不需要摘月亮，不需要占有它，只要遥遥望着，就知道黑夜再长也有月光相伴。而这点非常重要，因为有那片微光的存在，她才会觉得美好可期，才有继续向前的勇气。

而我也一样。对我来说，那轮月亮更像是恒久的陪伴和无声的力量，是所有美好幻想的寄托，是温柔而坚定的信仰。

最近我印象最深刻的一次望月，是在复旦校园里。暮云低垂，弦月初上，初冬的晚风难得轻柔，远处杉树仿佛高耸入云。我抬头遥望天幕，星月相拥。那一刻我忘记了学术的艰涩和工作的难熬，不由自主地想起的只有温柔的爱和想去的远方。我想起许许多多笑容，甚至控制不住嘴角上扬。

月光无形，却好像抚平了心上顽固的皱纹。我不摘月亮，只期盼自己不负月光，哪怕在黑夜，也能更闪耀更自由，更坚定地去向远方。

夏天的风

六月初的一天，我步履匆匆地穿过拥挤闷热的人潮，一头扎进冷气十足的地铁车厢里。时间尚早，还不到晚高峰，地铁里难得算得上空旷。我站在车厢中间，从帆布袋里掏出看了三分之二的书，这时隐约有一道好奇的目光悄悄扫了过来，于是我抬头观察周遭环境。

周围两平方米的空间内，难得有三个人同时在看书：我、戴眼镜的高中男生、头发花白的老大爷。这样的场景实在太罕见，在一众专心刷手机，甚至公开外放视频的乘客之中，我们三个捧着书的人显得鹤立鸡群。刚才那道目光来自高中男生。他好奇又羞涩，小心翼翼地偏过头打量我手中的书。我会心一笑，没有直视他，只是默默把封面竖立起来，方便他看清书名。然后我戴上耳机，打开音乐。

熟悉的旋律在耳边响起时，地铁窗外的旅行广告牌一闪而过，一抹蓝色和呼啸的风一起飞速掠过。那一刻转瞬即逝，但画面却清清楚楚地定格在我的脑海。看书的人，出风口飘出的冷气，蓝色的广告牌——那个平白无奇的时刻，我的心突然就被装满，觉得一切都刚刚好。

“夏天的风”，这四个字当然不只是那首循环了许多年的歌，更是像这首歌一样留在心间的关于夏天的记忆。

忘了从哪年起，我开始有了六月出游的习惯。初夏时节，太阳还不至于毒辣，空气还没变成讨人厌的黏糊状，天空开始露出好看的湛蓝色，常有微风，偶有阵雨。这些年的六月，我去过许多地方，明明天南海北相去甚远，在记忆里却能异常和谐地组成电影画面。洱海的光影变幻，波西米亚平原的童话小镇，济州岛孤独的礁石和大海。我把它们串在一起，眼前是一片澄澈的蓝，我听得见微风拂耳的声音，看得见云朵晃晃悠悠的影子，闻得到空气中微甜的清香，也能感觉到阳光在睫毛上开出一朵朵闪烁的花。

如果“美好”有具象的画面，那一定是这些看起来毫无意义的瞬间。甚至，对我来说，这些没有意义的瞬间恰恰组成了生活最大的意义。

比起日复一日的通勤、开会、写报告，甚至是每个月银行卡里准时增长的数字，那些无意义的瞬间反而更让我真真切切地感受到活着。在那些瞬间，作为现代人类的社会生活被按下了暂停键，但我比任何时候都更能感受到自我与世界的联结。

万物不会说话，可它们包裹着我，轻柔地安抚着我，像夏天的风，懒懒地穿过头发掠过耳朵，轻描淡写，却在我心里留下了浓墨重彩的一笔。它们让我觉得自己真正拥有自由，而在忙忙碌碌的城市生活里，拥有这样观察世界、融入万物的自由，是奢侈的。所以拥有那些瞬间的我，是富有的。

地铁到站，我踏出站台走到室外，黄昏的阳光有些刺眼。回家途中路过一片校园操场，隔着铁栅栏能看见红色的塑胶跑道和绿茵场。初夏的风吹得叶子沙沙作响，我仿佛能闻到空气中弥漫开的熟悉的味道。

是青春。

支点

最近我总在飞机上读陈春成的小说。他提到每天上下班时总会在交通环岛看见一棵大榕树，去上班时看一侧，下班了回来再看另一侧，这一天才算完整。可就在某一天，榕树忽然消失了。后来榕树换成了三角梅，等他好不容易习惯了，三角梅又消失了，跟故乡的其他零碎事物一样。于是他写道：

榕树、废园、老屋，这些像是我暗自设定的，生活的隐秘支点，如今一一失去了，我不免有种无所凭依之感。

“生活的隐秘支点”这个概念对我一样适用。有意或无意，我也给自己的生活设定了一些“隐秘支点”，多半是无用之物、无用之事，比如抬头看树，比如在固定的路口拍割裂天空的那些电线，比如隔一段时间就要看热血动漫。但正是这些“无用”，往往支撑起了我的生活。

我最重要的支点之一是夕阳。

我爱日落远胜过日出，无论去哪，我总要想方设法地看看当地的夕阳。我从不觉得“夕阳无限好，只是近黄昏”该有多伤感，相反，黄昏是我在一天之中最喜欢的时刻。

晴天的黄昏是热烈的，夜色将近，天边悄悄拉开一条缝，夕阳的万丈光芒喷涌而出，似千军万马肆意奔腾。有时黄昏又是温柔的，浮云漫卷，霞光轻舞，玫瑰色的滤镜将一切躁动抚平。当然总有阴天的时候，黄昏的存在感几乎消失了，灰蒙蒙的天转瞬变得漆黑，这时我总为夕阳的缺失而觉得遗憾、失落，仿佛这一天都是不完整的。

黄昏和夕阳无疑都是短暂的，但却为我提供了最强大的能量。黄昏最短暂却最生动，夕阳的光环笼罩万物，一切仿佛都在绽放。轰轰烈烈的晚霞也好，温温柔柔的闲云也罢，在最灿烂最辉煌的这一刻，万物都在燃烧着自己所有的生命力，哪怕即将到来的是无穷黑暗。于我而言，无论白天心情有多糟，只要在黄昏看一眼夕阳，一分钟也好，我就觉得自己又“活”了过来。

我说夕阳是我生活的支点，并非夸张。曾经工作最忙碌的时候，我几乎丧失了对时间的概念。进了写字楼，我头顶永远是白色灯光，面前永远是几寸屏幕，日夜难辨，不知窗外事。在我发现自己已经记不起上一次看夕阳是什么时候的那一刻，我终于承认自己像一尾搁浅的鱼，强烈的窒息感让我喘不过气。

我丧失了看夕阳的自由，丧失了掌控自己生活的自由，更丧失了我的生命力。

但也是在那个时刻，我在脑中想象着几乎模糊不清的夕阳残影，决心要改变，重建自己的生活。

读到陈春成的那段话时，我在万米高空，眼前晃过一道亮光。我转头朝窗外望去，机舱外的天空开始变色。夕阳从远处的云层中探出头来，原本碧蓝的天幕迅速被金粉色占据，云海如浩瀚河川，熠熠生辉。

这一刻，夕阳再次扫除了我的疲惫，充盈了我的生命力。我觉得安定，一切的坏都变得无足轻重，一切的好都在这一刻被放大。我幻想自己离开既定的航线，抛弃既定的规则，化作风，化作云，化作光，化作这金粉色黄昏中的一粒尘埃。

没有名字的夜晚

喝完最后一口汽水，我们走出烟气氤氲的火锅店。六月的晚风已经开始有些湿热，温柔中带着一丝黏腻。我们一行五人，三三两两地在空荡的人行道上晃荡。路灯昏黄，影子在地上拖得很长，有时后面的人不小心踩在前人的影子上，像在窃窃私语。我们有一搭没一搭地聊着，偶尔发出一阵大笑，又赶紧收住音量，怕扰了他人清梦。

过去几个小时里的聚会里，我们不谈工作和人生，只关心单纯的快乐。那份愉悦嵌在雀跃的影子上，揉在微弱的灯光里，散入空气环绕在我们身边。之后想起这个夜晚，就算不记得谈天细节，我也依旧能闻到汽水的酸甜气息。夏夜的晚风里藏了一些难以复刻的快乐，已经消逝的时间永恒地留在了身体里。

类似这样没有名字的夜晚，我收集了许多。

大三的时候，有次我一个人跑去看喜欢了很久的歌手的演唱会。在现场，我打了一通国际电话给男朋友，我们谁都没有说话，奢侈地任凭话费燃烧，一起听完了一首让我从此铭记的歌。歌手唱得动情落泪，现场观众挥舞着荧光棒，编织了一片蓝色的海洋。我在那个瞬间掉下泪来，思念被无限放大，但最后却什么都没有对电话那头的他说。

演唱会散场，我好不容易赶上地铁末班车，但只能坐到换乘的车站。所有能回学校的公共交通都已经停运，我只好边走边尝试打车。深更半夜的北京，我一个人走在空旷的大街上。周围有一些跟我一样从地铁站里被赶出来的“流浪”人士，忽然有人开始放声高歌，不太好听的歌声回荡在夜空，却并不令人厌恶。

那个夜晚，我哭过笑过，独自游荡。那段看起来不太安全的深夜经历，我回忆起来居然没有害怕，反倒很庆幸有那样一次放纵。偶尔的任性放纵，于我而言有益无害。我太喜欢那个夜晚的自己，孤独又自由。

我一直觉得，所谓的长大和时间一点关系都没有。长大是瞬间的，比如某些自我意识忽然觉醒，某些情感忽然明了，某些对人生的想象忽然变得具体。对我来说，这样的瞬间常常发生在夜晚。其中有一个夜晚，多年之后想起，我还是会觉得眼眶发酸。

高三的某个冬日，父亲开车送我返校。天色已黑，小雨淅淅沥沥，父亲听着电台广播，偶尔跟我说上一些无关学习的话。我其实不记得他说了什么，只知道那条路走过了无数次。但不知道为什么，那一刻，看着车窗外的树木飞速离我远去，我忽然红了眼眶。大概是想到，终有一天我也会离开熟悉的一切，像这些树木离开我一样，而父亲的碎碎念也不会永远相伴，因为我与父母终究是不同的个体，我们有各自的天空和海洋。

这些我从未对父亲说起，但那天却始终刻在我心上，如同其他没有名字的夜晚一样，藏着隐秘的酸甜苦辣，被完好无损地封存在记忆的保鲜盒里。

暂停的权利

01

结束了一个半月的独自旅行之后，我回到了上海，开始在自己的常规生活环境里，真正开启不上班的“间隔年”的日常生活。

我的每个周末都排的满满当当，早起开始上课，一直到日落。工作日的时间反而相对自由。不用早起通勤之后，我的睡眠质量好了许多。每天起床之后，能够坐下来悠闲地吃一顿早餐。我找出收藏了很久的电影，每周看一两部。我花两个小时坐在落地窗边看书，或者跟我的猫一起观察窗外被风吹乱的树。我开始动笔创作一些在脑子里存了很久的灵感片段。我甚至还在工作日临时跑去杭州看演唱会，见到了我喜欢了很多年的乐队。这所有的一切，在几个月之前的我看来，几乎都是不可能的事情。

有天我接到一个猎头的电话，向我推荐一个国际奢侈品牌的职位。我回复他说，可以先了解看看，但我并不着急找工作。电话那头的人显然愣了一下，难以置信地“啊”了一声，问，为什么啊？大概在猎头看来，在就业大环境每况愈下的时候，面对这种听起来就很光鲜的机会，任何一个“正常人”都应该毫不犹豫地冲上前去。猎头继续劝说我投递简历，问我为什么不着急看工作机会，我笑着反问他一句，为什么不行？

为什么要着急闷头跑，为什么不能好好走路看风景，为什么不能暂停？

“间隔年”最初是指青年在升学或大学毕业之后、工作之前，停下来，花一段时间去体验不一样的生活，比如旅行、做义工、写作，做任何自己想做的事情。后来“间隔年”的适用范围扩大，比如对于像我这样已经工作了的人而言，意味着辞职，暂时逃离固定不变的生活模式，调整身心，去做与自己的常规工作毫无关联的任何事。

“间隔”的核心在于暂停和放空，以放松的状态去观察世界，去思考我们自己真正想要怎样的生活。但可惜的是，在当下社会，很少人能真正践行“间隔”的意义，多数人看待“间隔年”时也难掩心底的怀疑——能停下来吗？

我们太习惯被浪潮推着走了，或主动勤奋，或被动内卷，考研、考证、考公，没有方向就看资本的方向，哪里人多就冲向哪里。我们之中的许多人，深知自己并不想要这样的人生，但身陷汹涌的集体浪潮中，别说是逆流，哪怕只是想停下来、改变方向，也需要极大的勇气和底气。不知不觉，我们好像被生活剥夺了暂停的权利。

可是真的不能暂停吗？

02

我曾经在很多年前拥有过一次极其短暂的"间隔"。

2013 年 7 月，我大学毕业。临毕业的时候，因为种种原因，我放弃了校园招聘时签下的工作，从北京搬到上海，匆匆忙忙地签了在上海的第一份工作。在这份工作中，我其实并没有受到多少打击，相反，我的工作表现获得了公司所有人的认同。但当时的职场氛围、企业文化和领导风格让我觉得愈发痛苦——痛苦，这是我极少使用的形容词。过了几年我才意识到，当时的情况似乎可以用"职场 PUA"来形容。

多数时候我是个情绪、身体、皮肤都极其稳定的人，但是在那段工作时期，作为一个从来不长痘的人，我忽然开始满脸爆痘。我时常觉得神经衰弱，内心有座火山时刻都在冒烟，随时都可能会喷发。夜晚往往是情绪的爆发期，而我在第二天踏入公司大门前，却又要收拾好一副若无其事的假面具。于是我在每天的上班路上，耳中循环的都是《灌篮高手》的主题曲《好想大声说爱你》和《直到世界尽头》，仿佛要给自己打满两管鸡血才能面对即将开启的漫长的一天。

我自诩稳定的精神内核，好像突然间爆炸了。深夜把自己关在卫生间里大哭的时候，我生平第一次产生了强烈的自我怀疑：我为什么如此痛苦？是我太软弱，还是生活本就如此？继续熬下去真的是对的吗？

这样的状态持续了八个月，我终于决定放过自己。在瞒着父母的情况下，我做了一个大胆的决定：裸辞。

下定决心要走的时候，我给自己准备了两条可能的路，申请了香港的研究生项目，同时开始找工作。在发出辞职信的那一秒，毫不夸张地说，我在瞬间得到了解脱。其实当时我还没有收到任何一个白纸黑字的工作机会，却也不知哪儿来的自信，好像在那一秒有勇闯天涯的勇气和决心，不论如何也要与过去一刀了断。此前积攒的无数炸弹——暴躁、焦虑、压抑，在辞职的那一刻忽然就被排除了，甚至，在我递交辞职信的一周之内，脸上一直反复生长的痘痘也全都消退了。

第一份工作离职半年后，我在体检时发现了肿瘤，做了手术。医生在推测可能的病因时说，或许是我先前在原单位时的那些情绪病和毫无规律的饮食造成的。后来我躺在医院的病床上，躺在冰冷的手术室里，第一次真正醒悟，这世上没什么是比身体和开心更重要的。

身体永远是最诚实的，我们内心的一切念头，最终都会反映在身体上。如果情绪一直在抗拒，身体一直在抗议……也许很多人都会想，“熬过这段时间就好了”，但血淋淋的事实是，熬过了这一段时间，还有很多很多下一段时间。如果一直处于“熬”的状态，那大概是身体在告诉你，你并不想要这样的生活。

好像一旦想明白了这一点，就再也没什么解不开的心结了。

后来的几年，我断断续续从好几个朋友那儿听说了改变生活轨迹的故事。我庆幸自己见过许多勇敢且有趣的人，是他们的存在让我相信，某些看似执着的念头并不是自己孤独的疯癫。

回想我们这一代的二十多岁，好像会听到许许多多来自外界的“应该”。应该做什么工作，应该赚多少钱，应该买什么房子，应该找个什么样的另一半，应该几岁结婚，应该几岁生孩子，应该生几个孩子……可就算全世界觉得一件事“应该”，自己内心却并不想要的话，为什么一定要选择妥协和将就呢，真的有所谓的“应该”吗？生活有那么多组成部分，可每个人有自己的平衡点，有自己追寻的方向。“兼听则明，偏信则暗”的古语无论到何时都一样适用，没有任何人拥有天然的权利，能把自己的思想强加在另一个灵魂上。

我似乎渐渐明白，迷茫和混沌是某种常态。如果我们不知道想要什么，不如让生活中无数的偶然来告诉自己。就比如，即便回忆那么痛苦，我也并不后悔当初签下的那第一份工作，因为正是那段经历让我成长，让我明白自己的人生中真正重要的是什么。无论内心的想法听起来多荒唐，如果那是我们经过认真思考后仍然强烈的念头，索性勇敢地往前迈出第一步。勇气是最值得珍惜的力量，上天入地，不留遗憾。

那年裸辞不久后，我得到了心仪的工作。入职之前，我拥有了不到一个月的短暂的“间隔期”。我陪高中好友去了趟北京，带着她去和我的大学室友们吃饭，陪她逛雍和宫和数不清的胡同。爬长城的时候，我们在山顶吹着早春三四月的凉风，感受着久违的轻松。

那一刻我觉得，现在与未来，都是属于我们的；一切都是自由的，没什么是可怕的。

03

三十岁的这年，工作八年后的我又一次选择了暂停，只不过这次没有任何来自外界的负面压力，全然只凭自己的心意。

最近这种暂停和放空的状态，让我感到前所未有的放松。刘子超在《午夜降临前抵达》里写他在中欧旅行时的感触：“那是我一生中最快乐的时光之一：无忧无虑地行走，邂逅各种各样的人，尝试分析看到的一切事物。”这也是我最近在独自旅行时、在与全国各地的朋友们见面时的感触。

我翻了翻自己和好友们的聊天记录，发现这两个月以来，反反复复提到的关键词是“快乐”，以及无数的“哈哈哈”。一个三十岁的成年人，能毫不犹豫地说出“快乐”两个字，多不容易啊。

当然我也知道，现在的每一个看起来无所事事的时刻，都是我用过去匆忙奔跑的日日夜夜换来的。而我也足够幸运，我所做的一切决定都得到了亲近之人的支持。正因如此，此刻的暂停才显得更加珍贵。我感受着光影的变幻，云朵的飘移。我知道花什么时候开，叶什么时候落，太阳什么时候西下。

行使暂停权利的我，收获了从未有过的“好好生活”的实感。

樱花　爱情　星尘

01

二十九岁的春天，我的闺蜜 Y 恋爱了。她从最初说着“没那么喜欢”开始，到后来沉迷于“甜甜的恋爱”，前后相隔也不过十几天。

我得知后，嘴上笑她“打脸”太快，但心里却被她的快乐传染了，好像隔着屏幕都能看见她全身环绕着的光芒，仿佛置身于少女漫画中樱花漫天的粉色世界。抛开少年时期青涩的初恋不谈，这次距离她上一段认真的恋爱，已经过去了五年。

讽刺的是，当我还在感慨 Y 终于遇到了一个能让她开心期待每一天、而非“将就”的人时，这段恋爱突然以一出离谱的闹剧收场了。

人的际遇很奇妙，无理可依、无迹可寻，爱情尤其如此。而恋爱这件事，对于我们这代年轻人，尤其是女生来说，已经成了比工作更难的谜题。

我身边有不少和 Y 情况类似的女性朋友，高学历、高颜值、能力强、性格好，但多半一直单身。这样优秀的女生，只想谈一场恋爱而已，甚至不必结婚，应该不会太难吧？可事实是，被归类为“高知女性”的她们，处境却是最尴尬的。

越发达的大城市，适龄的单身女性越多。自身条件不错的高知女性们，若在校园时期没有稳定的恋爱对象，似乎很难在工作之后再开始一段恋情。职场压力大、社交圈狭小，导致她们想结识异性也有心无力。与此同时，纯看客观条件来配对过日子的相亲模式，对她们也并不适用。正因为受过良好的教育、见过更广阔的世界，她们对纯粹爱情的向往更加强烈，不甘妥协、不愿将就。

无论多么优秀的男性，始终无法真正对女性所遭受的有意或无形的职场歧视感同身受，因此也无法真正体会女性面对事业和婚恋的双重压力有多疲惫。

这种疲惫在三十岁左右的职场女性身上体现得尤其明显。打算什么时候结婚？什么时候生小孩？要不要生二胎？如何平衡工作和家庭？每一次面试被追问的时候，愤懑与无力交织的疲惫总会袭来。为什么这些问题只出现在女性候选人的面试里？

女性仍然处于职场劣势，这是不争的事实。

没有切身体会，旁人很难理解高知女性的困境。当她们自身的优秀条件在相亲市场上成为劣势，当她们为了事业拼搏却因婚育情况遭受不公，当她们因为不谈恋爱、不结婚这个话题跟家人争吵了无数次，她们觉得自己陷入了一个无解的恶性循环。

有人崩溃，向现实妥协，也有人选择坚守，不断挑战生活。我的朋友们大多属于后者。

有首韩语歌叫《除了春天、爱情和樱花》，其中有句歌词大意是，“虽然不是必须要和谁一起漫步在春天的小路，但人人都希望驻足在这般美好中”。

我们这一代年轻人，在一定程度上学会了独立和思辨，也学会了勇敢和坚持。我的单身朋友们依然想做最好的自己，也想拥有最纯粹的爱情。她们期望的不是一纸婚书，而是一加一大于二的相知相守，是在春天看见樱花时的那份心动。

大哭几场之后，Y 又变回了那个表面大大咧咧、一心搞事业的女生。可是我知道，她内心依然对春天有所期待。

下个春天，会有人与她并肩驻足于樱花树下吗？我不知道。我只希望她拥有坦荡的快乐，哪怕独享春色。

02

爱情究竟是什么呢，真的能被贴上各种标签进行“计量”和

“估值”吗？真的能以一种剥离任何情感和心的不确定性的方式，进行“客观”地匹配吗？

我无权给出标准答案，但至少我觉得，爱情的本质是不可预测也不可控制的心的悸动。无论短暂或长久，无论是否有结局。

《真爱至上》里，平安夜 Mark 举着画板出现在 Juliet 家门口，写着无声的不求结果的告白：“尽管无济于事，但我会一直爱你。”① 时至今日，我依然觉得这是爱情残酷却美丽的样子。

看过的所有爱情电影里，我还是最喜欢《爱在黎明破晓前》。

理查德·林克莱特花了十八年拍出“爱在三部曲”，伊桑·霍克和朱莉·德尔佩从二十几岁演到四十几岁，与电影的男女主人公保持了完全一致的步调，就好像杰西和席琳真的活在一个平行世界里。

《爱在黎明破晓前》里，二十岁出头的杰西和席琳自由不羁，对这个世界既充满期盼又满腹批判。他们在火车上初遇，以陌生人的身份开启了充满莫名默契的对谈。他们在维也纳毫无目的地闲逛，毫无束缚、坦白直率地聊着爱情、亲情、社会、宇宙、人生。他们遇见业余的戏剧演员，遇见看手相的老太太，遇见用“Milkshake”（奶昔）造句写出浪漫诗歌的流浪汉。狭窄的唱片店试音间，夜幕下的摩天轮，肃穆安宁的教堂，整个维也纳都是他

① 原文：My wasted heart will love you.

们两个自由灵魂的游乐场。

可能年少初遇的记忆，总是最美好的。遇见一个陌生人，开启一段人生之中也许不会再有第二次的交谈，彼此新奇的思想带来的奇妙碰撞，以及相见恨晚的默契，这一切都太珍贵。这绝不仅仅是爱情，精神和思想上的吸引，挚友般无拘无束的对谈，即便抛开性别，也是难得的。只不过更幸运的是，这一切发生在一对异性身上，发生在美好的充满活力与无限可能的二十多岁。

影片里有许多我喜欢的片段。

比如，那个看手相的老太太，转身之后若有所思地对他们说，“我们所知的一切都是星尘”。[①] 比如，两人在餐厅里对坐，互相假装彼此现实中的好朋友给对方打电话（顺便告白）。比如，在摩天轮上，灯火闪烁，氛围恰到好处，彼此都没有回避那一个吻。

但我最喜欢的仍然是他们在唱片店的试音间里听歌的场景。小小的空间，两人并肩而立，没有说话，只有唱片传来婉转悠然的歌声。她偷偷地看着他，害怕被发现，又迅速地躲开。下一秒，他偷偷注视她的脸庞，又匆匆望向别处假装什么都没发生。

没有一句对白，却说出了爱情最美的样子。

《爱在黎明破晓前》讲了爱情，但绝不只有爱情。关于人与

---

① 原文：Everything we know is stardust.

人之间的距离，关于各种形式的“关系”，关于社会与科技进步，关于工作的意义，关于理想，关于死亡……两个独立存在的个体，能探讨的一切，几乎都摊开铺在了眼前。

席琳对杰西说：“如果这世界上有什么奇迹，那一定发生在尽力理解某个人，并与之分享的尝试中。”①

在后续的两部电影里，杰西和席琳在九年后重逢，三十岁出头的他们慢慢尝试去与这个现实世界和谐共处，各自过着看起来还不错但实际上内心一团糟的生活；十八年后的他们已经四十岁出头，似乎也蜕变成了被工作、家庭、孩子压垮的现实夫妻，可当彼此开始回忆十八年前的种种，依然能感受到爱意在空气里微妙地流动。

人生大概就是这样现实又残酷，爱情也是，没有什么是完美的，能做的只有坦然接受它的真实罢了。如果我们能遇见一个听得懂自己说话的人，就已经是件再幸运不过的事了。

03

三十岁的夏天，我正式开启了“间隔年”的旅行计划，而K则老老实实地待在上海上班。我从南到北四处“流浪”，和小姐

---

① 原文：If there's any kind of magic in this world，it must be in the attempt of understanding someone sharing something.

妹们一起度过了许多快乐的闺蜜时光，也一个人去陌生的城市看山看海。

结婚七周年纪念日当天，我正独自在威海旅行，和 K 又一次异地。那天我在旅行途中遇到了一个与我同样独自旅行的年龄相仿的女生。原本她与前男友相约来威海，谁知旅行计划还没实现，人已经散了。她得知我已经结婚七年之后，好奇地问我先生是个怎样的人。我想了想，回答她说，哪怕我们不做情侣，他也一定是我非常好的朋友。

与许多情路坎坷的朋友相比，我显得幸运许多。我的初恋从十八岁开始，持续至今。

我的少女时期过得异常平淡，虽然热衷于在书籍和电影中观察他人的人生，但对现实生活的恋爱毫无兴趣。这种平淡得几乎冷漠的状态，导致我的朋友们常开玩笑说我过分早熟，像是看透红尘，对罗曼蒂克不抱有任何幻想。

当她们得知我恋爱的消息时，无一例外地表示出“世界观坍塌了”的震惊。

很难说清楚爱情是如何开始的。在与 K 一次次的交谈中，我发现原来有个人与自己在性格、价值观、是非观、爱情观等无形的方方面面都如此相似，与之对话不费力且不厌倦，不说话的时候也能安静自如地共处，并且内心享受相互的陪伴。那刻我忽然意识到，这大概就是可遇而不可求的同频共振。

我喜欢的一部韩剧里有句台词说："心不是抢夺和抓住，而是一颗心走向另一颗心。"我和 K 显然是幸运的，我们在同时朝对方走去。

整个大学时期，我们在异地恋中度过。异地的好处在于，我们在彼此保持自身独立自由的同时，一点一点地学会了去真正了解和关爱另一个独立的个体，互相适应彼此思维和情感的步调，无话不说、无事不谈。

爱情没有公式定理，如果真的有什么普适的关键因素，那一定是坦诚的沟通。如果异地的恋人愿意用字字句句填补地理位置天南地北的隔阂，恐怕强过许多天天在一起却无法在同一个频道的恋人。爱情终究宜表达，忌猜测。"天涯咫尺"与"咫尺天涯"有时就只此一线之隔。

我自知自己通常处于相对封闭的气场中，只有在充分信任且充分平等的前提下，才能彻底放开。多数时候，在旁人眼中，我是个表面看起来毫无情绪波澜的人，甚至在不同的人生阶段，被不同的朋友和同事形容为"见过的最冷静的人"。当所有人都说我脾气好的时候，只有 K 会形容我内心偶尔"暴躁"。当然，他指的不是失控的急躁，而是耿直刚烈，对看不惯的人和事其实会第一时间在内心给出反应。K 几乎是唯一能见到我那一面的人。

王小波在情书里写："我把我整个的灵魂都给你，连同它的怪癖，耍小脾气，忽明忽暗，一千八百种坏毛病。它真讨厌，只有一点好，爱你。”

K 看得见我隐约的困惑，接受我天马行空的假设，与我讨论可能没有任何实际意义的突发奇想的念头。显然，K 是除了我自己之外最了解我的人。这种了解，大概就是属于我们的爱的模样。

恋爱五年半的时候，我们结婚了。婚姻对于我们的恋爱实质没有造成任何改变，我们过着二人世界，但依旧作为两个独立的个体面对自己的生活。

我并不觉得婚姻是人生的必需品，更不觉得这是一件到了一定的年纪、不论怎样一定得做的事。完美的爱情不一定需要结婚，但完美的婚姻，终究需要爱情这个必要条件。婚姻不过是外壳而已，爱情才是灵魂。

在我喜欢的那部韩剧里，男女主的婚礼上，男主对女主的妈妈说，女主在任何时候都会自己选择好通往幸福的道路，所以在他们的这段婚姻中，“我能做的是不妨碍她去做选择，这是我能向您保证的全部，很抱歉，我能给您的并不是‘我会让她幸福的，我会保护她的’这种保证”。

而女主的妈妈回复他：“并不是结了婚就要把幸福交给对方，谁又能让谁怎么幸福呢？在这个时代，让自己幸福就已经够难了，互相不给对方添麻烦，就已经很好了。比起一辈子都不让她手上沾一滴水，我更喜欢你刚才说的。”

爱情不光是狭义上的心动，更不是宠爱，而是默契与尊重，是支持与陪伴。

我记得恋爱第十年的情人节，我也在出差。同事打趣地问我，你先生今天送你什么礼物了？我愣了一下才回答，我俩不送礼物，也不过节。

情人节、七夕、白色情人节、圣诞节……但凡跟“浪漫”能稍微沾边的节日，可能许多情侣都在为该送彼此什么礼物、创造什么惊喜、如何表达爱意而纠结；所有商家都在不遗余力地渲染氛围，强行为节日刷存在感。这就仿佛，不过节的情侣都会分手，不在这个时刻“表忠心”的都该被罢黜。

可是，爱为什么非得在已知的特定的时刻来表达呢？

比起抱着憧憬和幻想苦苦等待某个特定的时刻，我和 K 更愿意在任意的一个普通的日子，一起去偶遇那些生活带来的小小的惊喜。

这种惊喜可能发生在凉风习习的初夏夜晚，俩人一起穿着人字拖去超市买雪糕和汽水，幼稚地互相干杯。可能发生在某个深秋的周末，我们漫无目的地一起压马路，踩着陌生街道上的满地梧桐叶。可能发生在寒冬加班的深夜，我们下班后彼此从城市不同的角落往那个叫作家的地方赶，互相给对方发出租车车牌号码。也可能发生在一个遥远的春寒料峭的四月初，我们沿着校园的湖泊走着，聊着与爱情毫无关系的人生话题，却在那一刻更确定身边的这个人可以在未来同行。

我们乐此不疲。

我们无法预测下一个惊喜是什么，会何时出现。我们也无法在此刻准确地知道，那些小小的细节和片段，会在脑海中停留多久。但正因为这样，在一起的任何一天，都可能成为记忆星空中一颗闪亮的星星——我又想起《爱在黎明破晓前》里的那句台词：我们所知的一切都是星尘。

有一天我突然发现，我们真的拥有了一个群星闪耀的宇宙，而它仍在无限扩张着。

三十岁的这一年，我和 K 在一起已经十二年多了，甚至已经顺利度过了婚姻的所谓第一个七年之痒。但我依然会想起从前的许多片段，比如 2012 年的最后一夜，K 来北京陪我跨年。我们在 2013 年 1 月 1 日的凌晨，走了七八公里路，穿过北京的大街小巷，在空无一人的街道上，一起哼着那首永远都在我们手机歌单里的 *Say Hello*。

结婚七周年纪念日即将过去的时候，我们打开微信的共享位置。地图上，我和 K 是相隔一千公里的两个小点。我们截屏，记录下一起走过的又一年。

我发了条朋友圈：

一起走过山川湖海草原，一起经历考试熬夜加班，一起从十

八岁长到了三十岁。想想也是蛮了不起的。看过无数日落，依旧没有人比我们更有默契。而且好像，我们比十八岁更快乐了。

而K说：

又一年，依旧异地，但是没关系，我希望你永远是快乐的。

在所有的词汇中，他选择祝我快乐。还有什么比这更好的爱呢。我们彼此相爱，而爱让我们成为更自由、更快乐、更完整的自己。

一起向未来

01

2022 年 3 月，我结束北京冬奥会的工作返回上海。晚上九点多，我拖着两个巨大的箱子下了高铁，站在虹桥站的到达站台上，深呼吸，竟觉得南方湿冷的空气有一丝陌生。离开之前，我对着车厢显示屏上的“G21 北京南—上海虹桥”拍了张照。

到此刻为止，我的冬奥会之旅真的结束了。

回上海后，我做的第一件事是买了个展示盒。我从冬奥会带回了来自不同国家的二三十个徽章，现在它们和我的冬奥会工作证一起，整整齐齐地排列在展示盒里，被摆放在客厅的显眼位置上。每天看着它们，我都有种恍如隔世的虚幻感。事实上，回到上海之后的很长一段时间，这种不真实感始终围绕着我。

如果没有工作证，没有这些纪念品，没有那一整箱制服，我觉得自己恐怕很快就会怀疑冬奥会不过是我做的一场梦。这些物证是真实存在的吗？我真的参加了冬奥会吗？我真的在冬奥会闭环里待了快两个月吗？我在冬奥会竟然只待了不到两个月吗？

关于北京冬奥会的记忆，那么深刻，却又那么遥远。

02

去北京冬奥会工作，与我本身的工作完全没有关系，而是若干次机缘巧合共同作用的结果。最直接的原因，是一个已经认识了十几年的朋友，小齐。

大学时期，我曾经在中国运动员教育基金会担任兼职的英文老师，因此结识了一些职业运动员和教练。小齐是我教的第一批学生中的一个，也是当时国家女子冰球队的队长。小齐其实比我大几岁，但长了张娃娃脸，白白净净的，不知是否是常年待在冰场的缘故。

刚认识小齐的那会儿，她在养伤。那年小齐 25 岁，但已经是女冰队的老将了，饱受伤病困扰，却因为梯队后备不足，始终坚持着在国家队扛大旗。我们每周上两次课，在北京体育大学。小齐当时住在首都体育学院附近，坐公交来北体上课，单程要四五十分钟。但是她从不缺课，就这样持续了两年。好几次我问她，身体怎么样了，还要继续打球吗？她始终一脸云淡风轻，说，没办法，顶着呗。我知道她面对的是常人难以忍受的强度和身心压力，但年复一年，训练、养伤、学习，她都笑着挺了过来。

后来我大学毕业离开北京，小齐也辗转多地，我跟她自北京一别后，已经有十年没见面。每年我们都说“今年一定要见一次”，但说了一年又一年，却始终没有机会实现。如果没有 2021 年年底的那个电话，我也不知道我们什么时候才能弥补“再也见不到”的遗憾。

11 月底，小齐给我发了条微信：“哈喽老师，北京冬奥会冰球项目的队伍陪同有兴趣参加吗？”十几年过去了，她还是叫我老师。

当我看清楚她在说什么的时候，“北京冬奥会”几个字瞬间在我脑中燃起了火花，于是与她约好午休时间通电话详谈。

我记得很清楚，那天上海难得阳光灿烂。我当时的公司在黄浦江边，我常常趁着午休躲开同事，自己跑去江边散步。那天江边的风很大，但好在太阳耀眼。我忘了带耳机出门，在寒风里举着手机，哆哆嗦嗦地跟小齐打了半个小时的电话。

听她说起冬奥会的工作机会的时候，我的第一反应当然是兴奋，但理智也第一时间告诉我“不太可能”。我的职业背景、我过去若干年的经历，都已经离开体育圈太久太远了，何况我在工作的同时还在读研。所以我先遵从理性的逻辑，说我很大概率、很有可能、没有办法去，同时找了其他朋友推荐合适的人选。不过我最后还是对她说，我再想想。

其实当我说出“我再想想”的那一刻，就已经开始在脑中推算学校的课表和寒假计划，以及可能的职场安排。我知道，当自己没有把话说死的时候，内心已经有了选择偏好，只不过我需要努力证明那个选择是可行的。后来我在几天之内做了一番逻辑论证，然后迅速做了决定，去北京。

03

我比报到日期提前一天到了北京，准备在进闭环前先跟大学好友见一面。

打车去酒店的路上，出租车师傅跟我闲聊，问我怎么带了这么大个箱子，是搬家吗。在得知我是去北京冬奥会工作之后，师傅开始全力发挥北京的哥能说会道的特长，连夸带比画：“要我说啊，你们跟那医生和消防员一样，也是了不起的逆行者啊！”

我被这句话砸得有点儿蒙，一时没反应过来。不过师傅也没给我发愣的机会，自个儿接上了：“嗨呀！冬奥会那都防疫闭环管理了，姑娘，咱为国家服务的时候，可得千万做好个人防护啊！”我笑着连声应和。疫情之下的家门口的冬奥会，确实不会再有第二次了。

那天下午，我跟大学好友在三里屯吃火锅，聊了两三个小时的天，从下午吃到天黑。后来我们顶着冷风在街头闲逛了一会儿，回到酒店，像大学时那样挤在一张床上看综艺。朋友回家之前，抱了抱我说，加油啊，等你出来再听你讲故事！她与我道别，就像是送我坐上一趟开往未知领域的神奇列车。

2022 年 1 月 19 日，我正式进入北京冬奥会闭环。沿着地图导航到达指定酒店的时候，我没有看见酒店标牌，面前是一片绿色的围栏，以及由警察同志看守的紧闭的铁门。

门口的警察同志再三查验我的证件，跟多方核实身份后，终于打开了沉重的铁门，目送着我拖着行李箱走进铁门，艰难地将又大又沉的箱子搬上通道——因为防疫规定，他并不能与我接触，爱莫能助。末了，警察大哥忍不住说了一句："你怎么啥吃的都不带啊，里头可没啥好吃的了！"我回头对他笑了笑，然后他朝我挥挥手，关上铁门。

"砰——"我正式进入闭环，拖着行李箱踏上那条通往酒店大堂的嘎吱作响的通道，与外面的世界隔离开来。

通道两旁张贴的防疫须知、酒店内部随处可见的防护膜、无接触投递的物资、酒店房间内摆放的冬奥会小旗帜……一切都是新鲜又紧张的。那时的我并不知道，等在前方的日子，比我原先预想的还要精彩许多。

1 月 20 日，我们正式进入国家体育馆，也就是我们即将度过整个冬奥会赛程的地方。清晨起床，室友国国大呼，下雪啦！我拉开窗帘，窗外一片洁白，雪落一整夜，地上铺满了一层松软的白被。在正式进入工作岗位的第一天，我看到了 2022 年的第一场雪，又是一个美丽的巧合。

进馆的那天，我第一次见到了还在布置中的奥运冰场，我和国国跟着竞赛副主任天哥一起熟悉场馆，在天哥的描述里我懵懵懂懂地畅想着十几天后正式开赛的场景。

那天我终于见到了线上联系许久的竞赛协调员葛老师，见到了我和小齐的主管诺姐，也见到了后来和我成为好朋友的可爱的佳玮。再后来，我的联络人名单越来越长，我认识了新的室友瑶瑶姐，认识了幽默耿直且厨艺高超的毛毛姐……奇妙的是，整个竞赛管理团队的大部分主力都是女孩子，她们有不同的外貌和性格，却有着不相上下的有趣灵魂。这大概也是为什么在之后繁忙的一个月里，竞赛办公室里总是充满欢声笑语，生机勃勃。

我所在的是男子冰球项目的竞赛管理团队，我和小齐都是“队陪监督”，顾名思义，就是监督管理队陪们——24 个 20 多岁的男孩儿。所谓“队陪”即队伍陪同人员，用官方话术解释，队陪是奥组委竞赛组织团队及各职能部门、场馆运行团队与参赛队伍和国际技术官员的沟通桥梁。这些男孩儿是唯一能直接接触参赛队伍，甚至被邀请进入队伍更衣室内部的中方工作人员。

我和小齐更像是整个队陪团队的大管家、总协调，以及对外沟通的统一窗口。说得再直白一些，队陪弟弟们遇到问题扛不住时，我们就是他们的第一求助对象，是支撑在他们背后的不可以崩溃的防线。这听起来责任重大且工作艰辛，但事实的确如此。

我们的工作时长完全取决于队伍的行程以及馆内的训练安排、比赛安排。待机时间最长的情况是早班训练和夜间比赛集中在了同一天，小齐时常深夜留守场馆，我也常在凌晨一两点协调队伍的行程调度。不过好在工作间隙，我们也有机会去看台上当一回普通观众，因此我当场见证了许多酣畅淋漓的精彩瞬间，以及充满意外的逆转时刻。

赛时的场馆始终热闹又紧张。冰场上的撞击声、哨声、音乐声、欢呼声，办公区此起彼伏的对讲机呼叫声，运动员更衣室区域的各国语言交谈声……“银瓶乍破水浆进，铁骑突出刀枪鸣”。在这些声音的陪伴下，这忙碌的一个月我虽然痛苦，却更快乐。

04

我曾经无数次希望能作为观众在奥运会现场观赛。

我其实不常参与体育活动，但一直热衷于观赛，奥运会几乎是每四年最让我快乐的事。我还记得 2016 年里约奥运会期间，我在山西出差。每天晚上回到酒店后，我的第一件事是打开中央五套，然后和同事一边加班一边实时关注比赛。睡前我们会讨论，今天的乒乓球队又虐了谁，女排进度到哪儿了，体操队是不是又被裁判压分了。观看男子4×100米接力预赛时，看着屏幕上中国小伙子们刷新了亚洲纪录，第一次冲进决赛，我们几乎都尖叫了起来。这一切，让那些加班的夜晚都没那么难熬了。

后来的疫情，让东京夏季奥运会、北京冬奥会的观赛计划全部落空。但我没想到，自己竟有机会换一种身份，作为工作人员，真正深入地参与冬奥会。

我和体育的渊源说来话长。

我本科毕业于北京体育大学，当年高考填志愿的时候，包括学校老师在内的许多人对于这个选择感到非常不理解。他们觉得，作为省重点高中的所谓好学生，去北体简直是严重浪费分数。我不曾设想，如果当初去了其他学校，今天会如何。但时至今日，我依旧感谢父亲和我一起做了这个任性的决定。

事实上，在北体的四年，我拥有了许多与众不同的经历，最重要的当然是结识了包括小齐在内的运动员们。他们来自不同的项目，冰球、游泳、跆拳道、艺术体操、网球、跳水……他们的头顶有各种冠军光环，拥有常人无法企及的荣誉，但他们吃过的苦，也是常人无法想象的。大众刻板印象中“四肢发达头脑简单”的标签，是对优秀运动员的最大误解。竞技体育中对速度、技巧、战略的要求，绝非一般人能体会。那些没有站上领奖台，却从未放弃的运动员们，更有非凡的毅力。我一直坚信，无论这些运动员以后去做什么，都一定会成功，因为他们比任何人都更有恒心和决心，更有一往无前的勇气。

后来，在备受职场摧残的某刻，我忽然察觉，比起具象的经历，体育带给我的更重要的影响是追求卓越、不到最后一刻绝不认输的体育精神。

这种精神冲击在北京冬奥会期间再次出现。冰球比赛中的一次次逆转“绝杀”背后，是运动员年复一年的汗水和泪水，是一身的伤痛，是无穷的压力，是难以想象的艰辛。

我常觉得自己何其有幸，能接触到这些不一样的人生。是他们教会我，没有随随便便的成功，但也没有什么不可能。也是他们教会我，体育精神的奥义并不是战胜对手，而是挑战自我，永不言弃。

05

我后来的记忆仿佛被按下了快进键。

我进入国家体育馆的第一天是 1 月 20 日，冬奥会于 2 月 4 日正式开幕，2 月 20 日完赛闭幕。不算前后准备时间，我在国家体育馆里的正式工作时间不过只有短短一个月。可一个月的回忆实在是太多了，多得像过了整整一年。

冬奥会圆满闭幕后，我们开始隔离，准备移出闭环。其间好几次，我试图整理照片和视频，却始终无从下手。无数的词汇在我脑中翻涌，像从四面八方涌来的涓涓细流，汇成了一片汹涌壮阔的汪洋。

冰场上的高速移动，猛烈撞击护墙的砰砰声，冰刀铲起的飞雪，进球后的欢呼雀跃，失利后的沉默压抑；运动员更衣室走廊的紧张繁忙，竞赛办公室里的苦中作乐，对讲机里此起彼伏的呼叫，时刻变换的行程调度，循环往复的防疫消杀；隔离酒店窗外的夕阳，闭环高架上的冬奥会标语，跳舞跳累了的冰墩墩，早班办公室里的咖啡和吐司，夜班下班后场馆外立面五颜六色的光影；开幕式的热情与憧憬，颁奖仪式的激动与喜悦，闭幕式的感动与激昂；鸟巢里此起彼伏的音浪，漫天绽放的璀璨烟花，一遍又一遍高唱的《燃烧的雪花》，响彻场馆内外的《一起向未来》。

每个平平无奇的词汇背后，都是一个个独一无二的场景，是一个个生动的名字，它们组合在一起，编织了太多太多回忆，我很难想象这一切都发生在不到两个月的时间里。

我还记得第一天跟小齐重逢，下大巴时我们隔着人群对视了一眼，认出彼此之后，拥有了一个相隔十年的拥抱。我还记得诺姐房间里永远都热热闹闹，像哆啦 A 梦的百宝箱，物资应有尽有，甚至还特地给我留了奶茶。我还记得竞赛管理办公室里永远温暖的烟火气息，东北姐姐们总是变着法子给大家改善伙食。

我还记得跟国国和瑶瑶姐的彻夜长谈，瑶瑶姐永远温柔细心，而热情的国国在第一天就拯救了慢热的我。我还记得佳玮跟我一起听喜欢的乐队的歌，一起在看台上傻傻地跟着《一起向未来》的旋律跳舞。我还记得在我感慨很久看不到夕阳的时候，队陪弟弟立刻传来照片，让我拥有了新鲜的日落和绚烂的黄昏。

我还记得除夕夜里，大家聚在葛老师的房间里玩游戏，葛老师一边织着小老虎，一边淡定地玩狼人杀。我还记得大家一起唱歌迎接零点，朋友们举着手机闪光灯，让我拥有了一片星空。虽然在 11 点 59 分的时候，闹钟提前响起，那首《遇见》最终也没能唱完——不过不重要，我已经拥有了 30 岁这年最美丽的遇见。

我还记得冬奥会开幕式的那天是立春，我和大家一起留守在馆里值班，在小小的电脑屏幕上看着奥运火炬点燃雪花。空空荡荡的场馆内，大家试图找到一个能看到鸟巢烟花的地点，却还是以失败告终。后来我和两个弟弟听着周杰伦的歌，摇摇晃晃一起下班。《稻香》伴奏里传来的蟋蟀声在空旷的场馆中回荡，明明是寒冬时节，却让人恍惚间拥有了夏夜的错觉。那是一段我永远不想走完的路。

我还记得在颁奖仪式现场与同事们一起紧张地催流程、指挥参赛队伍站位，记得旗帜升起、音乐响起时的震撼与激荡，记得全场观众经久不息的掌声与欢呼声。我还记得优胜队伍的拥抱与高歌，更记得惜败队伍的沉默与泪水。竞技体育是残酷的，但也能孕育奇迹，正是这种不确定性带来了更多令人动容的瞬间。

我当然更记得每天鸡飞狗跳的运动员更衣室，记得某些国家队的器材师们进行装修改造时的大动静，记得各国队伍提出的奇奇怪怪的需求，记得三更半夜跟交通调度老师反反复复地“吵架”，记得同时被多方呼叫、忙得像联合国“救火”队员的每一天。

我的绰号一天比一天多，但当各种称呼都出现的时候，这段旅程其实也到了尾声。

06

冬奥会闭幕式当天是我们在国家体育馆工作的最后一天，下午我们即将迎来场馆内的最后一场比赛，男子冰球决赛。午休的时候，诺姐和小齐将所有队陪聚在一起，进行简单的道别仪式。几个小时后，冬奥会闭幕式将在鸟巢举行，冬奥会落下帷幕之时，也就是大家各自进入隔离的时候。因为移出闭环的时间不尽相同，这大概是所有人见面的最后一次机会。

那天我是最后一个发言的。本质上我是个非常理性的人，但那天我甚至不敢看诺姐和小齐的眼睛，害怕翻涌的情绪会在眼眶决堤。我深知，我原本的世界、我的工作和生活，离她们都太遥远了。我真的不知道下次与她们再见会是什么时候，或者说，是否还会“再见”。

我确定的是，过不了多久，北京冬奥会将在大众的记忆里迅速淡去，成为一个仿佛没有感情色彩的历史名词。对于体育人来说，他们终将迎来一个又一个新的赛事，踏上一段又一段新的征程，北京冬奥会最终也会成为他们职业生涯的众多里程碑之中的一个。

但对于我，以及和我一样由于各种偶发机缘而有幸参与北京冬奥会的人而言，这注定是一段独一无二的、此生难忘的回忆。

这段回忆的深刻在于体育本身，更在于人与人之间的联结。

我在冬奥会认识了许多新朋友。在所有共事的同事里，有来自体育机构的业内同仁，有职业运动员、教练，也有背景迥异的本硕博在读学生。他们之中，有人将在体育行业内发光发热，还有更多人将进入不同的行业，在法律、医药、工程、计算机、文化传播、教育等诸多领域开启自己的人生篇章。

我们所有人，原本拥有全然不同的人生轨迹，只因奥运这个宏大的事业，从各自的道路上抽离，相聚在一起。我们一起见证过奥运的激动人心，更一起经历了幕后的苦辣酸甜。这种经历所带来的回忆和精神力量，超越了语言和时间，也让我们对彼此产生了更强烈的情感和更深厚的联结。

许多年后，我或许不会记得2022年北京冬奥会男子冰球项目的奖牌花落谁家，但一定记得，在那个下了许多场雪的早春，在那些忙碌的日日夜夜，是谁和我一起度过的。

“一起向未来”，直到真正到了告别的时刻，我才更深刻地体会到这句口号的力量。

男子冰球决赛的颁奖仪式落下帷幕，所有工作人员都冲上了冰场。大家欢呼、拥抱、合影，庆祝赛事的圆满结束，却又舍不得画上句号。我和小许要赶着去参加晚上的冬奥会闭幕式，于是没有多做停留，匆匆忙忙地离场换装。后来小许跟我说，那天他跟在我身后，我回头看冰场时，眼中是毫不掩饰的不舍。他说，他看见我的眼神之后，全然不敢自己回头看。因为他知道，一回头，就不想走了。于是他只能逼着自己一直向前走，一直走，走到离开冰场，再也看不见小伙伴们为止。

许多情绪我们并没有在当下表露，但我们都知道它们的存在。

离开北京的时候我非常不舍。朋友问我为什么，我说，在北京的每一天，虽然累，但是更快乐。我遇见了许多喜欢的人，精神自由、思想自由、单纯快乐，在这儿的我每天都会有所期待。那种感觉就像是，我好像“活”了过来。临走之前，我跟室友瑶瑶姐聊天，她也有同样的不舍。瑶瑶姐来自哈尔滨，与我一样，也是作为短期借调人员为冬奥会工作。从某种程度上来说，我们好像都趁着冬奥会逃离了一些沉闷压抑的现实生活。而这个梦太美好，以至于我们根本不想醒来。

当然，这种强烈的不舍很大程度上更是因为，我非常清楚，我们回到各自的日常生活轨道之后，下一次重逢，不知要到什么时候才能实现。我们就像是时代洪流中偶然相遇的水滴，终将面对各自的风雨，流向各自所属的海域。也许有一天，我会在他们的记忆中淡去，甚至消失。但也正因如此，我才更珍惜这一次告别，认真地拥抱每一个在乎的朋友，认真地说了一次又一次“再见”。

如果要问冬奥会给我、给我们这些亲历者留下了什么，那大概是勇气。

道别仪式那天，我对年轻的队陪们说，要有合理的自信，也要保持合理的谦卑。我虚长他们几岁，因而我明白，在以后漫长的人生里，眼下冬奥会经历过的这些困难都不值一提，留下的只会是快乐的回忆。我期盼他们不要着急变成复杂的“大人”，期盼他们永远真诚，永远勇敢，永远热烈。

这些话说给他们听，更是说给我自己听。

后来，我在给朋友们的告别信里写道：“你们一定会拥有无比光辉灿烂的未来，无论在地球的哪个角落，无论那个未来里有没有我。”

当然，如果可以，我更希望我们会重逢，无论何时，无论何地，无论多远，无论多难。因为我始终相信，“再见”的意思是，会再见的。人生的所有际遇都有意义，想见的人终会重逢，想做的事不留遗憾。

向前跑，别回头。一起向未来吧。